AF287610

Lutz Doblies

Die mystische Schlangenreise

„Mensch, du bist geschaffen nach dem Bild eines Gottes,
der Liebe ist.
Mit Händen, um zu geben,
mit einem Herzen, um zu lieben, und
mit zwei Armen, die sind gerade so lang,
um einen anderen zu umarmen."

Phil Bosmans

Bibliografische Information Der Deutschen Bibliothek

Die Deutsche Bibliothek verzeichnet diese Publikation in der
Deutschen Nationalbibliografie; detaillierte bibliografische Daten sind
im Internet über <http://dnb.ddb.de> abrufbar.

1. Auflage Copyright © 2013 Lutz Doblies
2. Auflage Copyright © 2019 Lutz Doblies
www.hp-doblies.de

Alle Rechte vorbehalten.
Das Werk darf - auch teilweise - nur mit Genehmigung des Autors
weitergegeben werden.

Herstellung und Verlag:
BoD – Books on Demand, Norderstedt

ISBN 978-3-8482-5944-1

Ein ganz besonderer Dank geht
an eine wunderbare Frau,
meine Frau Sigrid.
Schön, dass es Dich gibt.

FSC
www.fsc.org

MIX
Papier aus verantwortungsvollen Quellen
Paper from responsible sources
FSC® C105338

Inhaltsverzeichnis

Du kannst dein Leben weder verlängern noch verbreitern,
nur vertiefen.

Gorch Fock

~*~

Prolog

Wer kennt es nicht, dass uns im Leben Situationen begegnen, die wir nicht verstehen. Auf der Suche nach Erklärungen werden wir oftmals schnell fündig und lehnen uns selbstzufrieden zurück. Wir brauchen uns mit diesem Thema nicht weiter zu beschäftigen, obwohl wir daraus viel lernen könnten.

Es hilft uns, ein paar Schritte zurück zu treten und unseren Abstand und Blickwinkel zu ändern, um zu verstehen. Sind wir jederzeit in der Lage, unseren Betrachtungswinkel, unsere Position zu ändern, um hinter die Dinge zu schauen? Wollen wir überhaupt eine neue Sichtweise einnehmen? Das kann bedeuten, alte Gewohnheiten zu verändern und das kann unbequem werden.

Wie sieht es mit vergangenen Situationen aus, mit denen wir noch emotional stark verbunden sind? Gut, die damaligen und vergangenen Situationen lassen sich nicht ändern. Das, was geändert werden kann, ist die Sichtweise und das Gefühl, das mit dieser Situation einhergeht. Wir können dann das Gute und den Sinn dahinter sehen und verstehen!

Ein Blick aus einer anderen Perspektive
ist eine neue Sichtweise
und hilft uns, mehr zu sehen und zu verstehen.

Lucas erfährt auf seiner Reise, dass es möglich ist, jederzeit unterschiedliche Betrachtungswinkel einzunehmen und zu nutzen. Das erfährt und lernt er von den unterschiedlichsten Kulturen. Er nimmt gerne die neuen bzw. alten Weisheiten in sein Leben auf, bemerkt, dass sein Leben in seinen Grundfesten sich ändert. Vieles sortiert sich neu und wandelt sich.

Er lernt, mit Situationen umzugehen, zu agieren statt zu reagieren und weise Entscheidungen zu treffen. Er lernt, Meister seines Lebens zu werden!

Um Lucas Erlebnisse und Erkenntnisse besser verstehen zu können, werden wir die Reisen aus seiner Sicht erfahren. Sie sind aus seiner Sicht dargestellt und direkt seinen Aufzeichnungen entnommen.

Seine wichtigsten Erkenntnisse hatte er besonders gekennzeichnet, um sie schneller wieder zu finden, als Leitfaden für sein neues Leben.

Wir, die wir das Buch lesen, haben so die Möglichkeit, die Position von Lucas und die des Beobachters einzunehmen.

Und nun ist es an der Zeit für die kleinen und großen Abenteuer seiner Reise und unseres Lebens. Auf zu den Erkenntnissen.

Aus der Dunkelheit brach ein Licht
und erleuchtete meinen Weg.

Khalil Gibran

~*~

Beginn der Reise

Er blätterte in einer Zeitschrift am Bahnhofskiosk. Wie er es jeden Tag machte, wenn er auf den Zug wartete. Er machte es, weil er es gewohnt war.

Lucas war ein Gewohnheitsmensch, der sich nicht traute, etwas anderes zu wagen. Wie üblich würde sein Tag ablaufen, dachte er an diesem Morgen. Warum sollte es anders sein als bisher? Aber es sollte anders kommen. An diesem Tag war der Wendepunkt in seinem Leben. Alles begann mit dieser Zeitschrift.

Er blätterte gelangweilt darin herum. Er hatte sie gestern durchgeblättert. So viele Zeitschriften gab es an diesem Kiosk nicht, dass er jeden Morgen eine neue hätte wählen können. Als Abwechslung, die er sich als Gewohnheitsmensch gönnte, blätterte er von hinten nach vorne.

Eine Seite fiel ihm beim Blättern besonders auf. Es war eine Seite, auf der eine Reise nach Ägypten angeboten wurde. Eine Werbeseite wie viele andere. Von dem Bericht über Schlangen auf der vorhergehenden Seite las er nur den hervorgehobenen Text über einen Mythos der Schlange:

„Bei den Buddhisten wird die Schlange oft an Treppen dargestellt. Die Naga Schlange stammt ursprünglich aus der hinduistischen Mythologie Indiens. Sie gilt als Wächter und Beschützer der Weisheit und der geistigen Schätze."

Er wendete sich wieder der angebotenen Reise zu. Magisch fühlte er sich von dem Bild der großen Pyramide in Gizeh angezogen. Innerlich spürte er, dass er in das Bild hineingezogen wurde. Immer mehr und immer intensiver. Er konnte dem Sog des Bildes nicht widerstehen. Er glaubte, den Boden unter den Füßen zu verlieren und der Strudel zog ihn hinein. Es zerrte immer mehr an ihm und im nächsten Moment war er in Ägypten vor der großen Pyramide!

Er stand direkt vor ihr, sah sie an und hatte keinen Gedanken und fühlte überhaupt nichts. Sein Mund war vor Erstaunen halb geöffnet, seine Augen aufgerissen!

Es war früher Morgen, die Luft war angenehm warm. Das Schauspiel wie die Sonnenstrahlen der aufgehenden Sonne die Pyramide streiften und im Sand bizarre Schattenspiele hinterließen bot ein grandioses Bild. Der Boden war noch feucht von dem Regen in der Nacht. Die

Wärme der Sonne ließ leichte Nebelschwaden aufsteigen, in der die Sonnenstrahlen kleine Regenbogen zeichneten.

Lucas fing an, sich ganz langsam zu bewegen.

War es ein Traum? Lag er noch im Bett?

Er führte langsam seine rechte Hand das Hosenbein hinunter. Es fühlte sich echt an, genau so, wie sonst. Auch der Sand unter seinen Schuhen ließ sich mit seinen Füßen zur Seite schieben. Er bückte sich und berührte den Sand mit seiner linken Hand. Er war feucht und warm und fühlte sich wie ganz normaler Sand an.

Er richtete sich wieder auf und schloss seine Augen. Nach ein paar Atemzügen öffnete er sie wieder. Doch er stand immer noch vor der Pyramide.

Ein Geräusch weckte ihn aus seinem Erstaunen. Er drehte sich um und sah weiter hinten ein Kamel. Jetzt spürte er auch den leichten Wind im Gesicht, der über das Plateau wehte. Seine Augen waren immer noch weit geöffnet und er konnte überhaupt nicht begreifen, was geschehen war. Er befand sich von einem Augenblick zum anderen nicht mehr am Bahnhof zu Hause, sondern war bei den Pyramiden in Ägypten!

Ein paar Jahre zuvor war er schon einmal hier gewesen. In der Reisegruppe hatte er viele wunderbare Erfahrungen gemacht. An vieles von damals erinnerte er sich wieder.

Der ängstliche Teil in ihm meldete sich. Er hatte außer seinem Personalausweis keine weiteren Papiere mit. Geld hatte er auch kaum bei sich. Sicherheitshalber glitt seine Hand in die Hosentasche, um nach seinem Ausweis zu fingern. Aber er war nicht dort, wo er sich normalerweise befand. Auch in den anderen Taschen war er nicht. Erschreckt fiel ihm ein, dass er ihn an diesem Morgen aus der Hosentasche genommen und auf seinen Küchentisch gelegt hatte.

„Ohne Geld und ohne Papiere", sagte er leise und voller Angst. Er fing an, am ganzen Körper zu zittern. In seine aufgerissenen Augen war jetzt die Angst zu sehen. Deutlich spürte er Panik in sich aufsteigen!

Er wollte weglaufen, aber es ging nicht!

Durch einen Windstoß bekam er ein Sandkorn in das rechte Auge. Es schmerzte und holte ihn aus der Panik heraus. Plötzlich hörte er das Wort: „Vertraue". Er drehte sich um, sah aber niemanden. Das Sandkorn hatte er aus seinem Auge heraus bekommen.

„Vor ein paar Minuten noch am Bahnhof und jetzt hier", flüsterte er unsicher. Wieder hörte er das Wort *vertraue*.

„Auf wen? Auf was?" rief er.

Und immer wieder vernahm er das Wort *vertraue*.

„Vertraue", wiederholte er. Sehr selten in seinem Leben hatte er seinem Gefühl vertraut. Aber jetzt musste er es. Jetzt musste er auf sein inneres Gefühl, auf seine innere Stimme achten. Er wusste es.

„Vertraue", sagte er vor sich hin. Dieses Wort, das er immer und immer wieder in einer sanften und sehr vertrauenswürdigen Stimme hörte, beruhigte ihn zunehmend.

Er atmete mehrmals tief durch. Dadurch wurde er noch ruhiger.

Er drehte sich um, um zum Ausgang zu gehen, weg von dem Plateau. Er hatte die Idee, zur Botschaft zu gehen. Dort würde man ihm bestimmt helfen. Aber würde man ihm glauben, wenn er seine Geschichte erzählte?

„Nein", sagte er. „Ich muss mir etwas ausdenken. Vielleicht hätte man mir meine Papiere gestohlen! Dann würde die Frage kommen, in welchem Hotel ich wohnen würde."

Aber er wohnte in keinem Hotel, er war hier nicht gemeldet. Auch die Einreisebehörden wussten nichts von ihm! Wieder stieg ein sehr unbehagliches Gefühl in ihm auf.

„Vertraue", hörte er wieder in der gleichen sanften und liebevollen Stimmlage.

„Vertraue, vertraue, vertraue. Immer nur vertraue. Auf was, Auf wen?" rief er um sich gleich den Mund zuzuhalten. Hoffentlich hatte ihn niemand gehört? Ein Mann, der ohne Einreisepapiere in einem fremden Land war, würde bestimmt ausgewiesen. Vielleicht sogar als Spion verhaftet?

„Das ist es!" sagte er erleichtert, als er den Entschluss fasste, nicht wegzulaufen, sondern sich der Situation zu stellen, sie anzunehmen.

Er atmete tief durch. Er war hier vor der Pyramide und es hatte sicherlich einen Sinn! Er entschied sich, zu vertrauen.

Gerade als er sich auf den Boden setzten wollte, hörte er eine andere Stimme in sich: „Gehe in die unvollendete Kammer."
Er setzte sich nicht. Erst einmal musste er überlegen, was das bedeuten konnte. Vielleicht war es nur eine Stimme ohne Bedeutung. Das konnte schließlich auch vorkommen!

„Werde ich jetzt verrückt?" fragte er sich. Schließlich hätten fünfzehn Prozent aller Menschen das Phänomen Stimmenhören. Warum sollte er nicht auch davon betroffen sein?

Aber was blieb ihm in dieser Situation anderes übrig, als auf diese Stimme zu hören. Er ging auf die Cheops Pyramide zu, die Treppe hinauf zum Eingang. Es waren keine Wärter vor der Pyramide. Kurz blieb er stehen, atmete noch einmal durch und schritt hinein. Langsam ging er zum Tor, das vor dem Eingang zur unvollendeten Kammer war. Das Tor war offen und er konnte hinunter zur unvollendeten Kammer. Der Gang war etwa sechzig Zentimeter hoch und er kroch hinein.

Nach langen zweihundert Metern war er unten angekommen und konnte sich hinstellen, strecken und gähnen. Er war unten! Aber was sollte er hier!

„Gehe weiter hinunter!"

Er sah ein Absperrgitter, das den Weg versperrte. Gerade als er über das Gitter klettern wollte, hörte er sich sagen: „Was mache ich eigentlich hier?" und erschrak. Er musste sich auf den Boden setzen und erst einmal zu sich kommen.

„Tief durchatmen", riet er sich und tat es.
Langsam kam er wieder in seine Mitte und nahm seine Situation an. Das erleichterte ihm sein weiteres Handeln sehr. So sehr sogar, dass es ihm schon fast Freude machte, den nächsten Schritt zu gehen. Denn was hatte er jetzt noch zu verlieren!

So stand er auf, kletterte über das Gitter und ließ sich in den Gang unter die unvollendete Kammer gleiten. Es war stockdunkel. Aber nach einiger Zeit gewöhnten sich seine Augen an die Dunkelheit und er konnte Umrisse erkennen. Auf der einen Seite nahm er den Gang wahr und auf der anderen Seite eine Wand.

Er kroch den niedrigen Gang entlang, spürte aber, dass es nicht die richtige Richtung war. Er drehte sich also um. Als er in die andere Richtung kroch, kam er der Wand immer näher. Einen Moment passte er nicht auf, bemerkte die Stufe nicht und fiel sie hinunter. Völlig perplex und mit leichten Schmerzen in der linken Hand, mit der er sich abstützte, blieb er liegen.

Nach einer Weile sah er nach vorne und traute seinen Augen nicht. Er sah einen Altar, der von einem warm weißen Licht angestrahlt wurde. Das Gold des Altars strahlte so hell, dass er eine Aura zu haben schien.

Lucas rappelte sich auf um besser sehen zu können. Nicht nur der Altar leuchtete, sondern die gesamte Kammer war in warmes helles Licht gehüllt!

Ihm stockte der Atem von der Schönheit der Kammer. Es gab viel zu sehen, zu bewundern und zu bestaunen.

„Diese Kammer ist ja noch vollständig, noch unberührt!" stellte er überrascht fest. Waren die anderen Kammern doch geplündert worden! Grabräuber hatten sich an den wertvollen Gegenständen bereichert. Nur diese Kammer war unberührt! Sollte es in dieser Pyramide noch weitere solche Kammern geben?

Lucas betrachtete den Altar genauer. Er war aus purem Gold und ringsherum verziert. Oben war er glatt wie ein Spiegel.

Es waren zwölf Stühle kreisförmig um den Altar aufgestellt. Alle sahen gleich und schlicht aus, die Bezüge waren aus Samt und die Polster weich. Die Lehnen waren halb hoch.

An drei Wänden waren Bücherregale aufgestellt, die sehr edle Bücher enthielten. Die Aufschrift war in Gold gehalten und der Einband war aus dünnem Samt oder aus Leder. Die Bücherregale reichten nur bis zur Hälfte des Raumes. Darüber hingen zwölf Bilder.

„Auch zwölf!" bemerkte Lucas, als er die Bücherregale zählte.

„Warum gerade zwölf?" fragte er, ohne eine Antwort zu erwarten.

In dem Moment fiel seine Aufmerksamkeit auf ein ganz bestimmtes Buch. Er stellte fest, dass es von der Numerologie handelte. Er nahm es heraus und schlug es erwartungsvoll auf. Vorsichtig blätterte er darin herum, denn es war ein sehr kostbares Buch. Er schlug die Seite mit der Beschreibung zu der Ziffer zwölf auf.

Lucas las vor:

„König Arthurs versammelte zwölf Ritter um seine Tafel. Jedem war wegen seines Charakterzuges eine Tugend zugeordnet, wie zum Beispiel Sir Lancelot, der den Zusatz ‚der Tapfere' trug. Es galt allgemein das ritterliche Prinzip, das sich durch ein Bemühen um Vollkommenheit auszeichnete, im ständigen Kampf mit sich selbst. Der Gegner war das eigene ICH."

„Ach so", sagte Lucas, weil er immer eine andere Vorstellung der Ritter hatte. Er dachte immer, sie seien für die Herren in den Krieg gezogen. Dabei war ihre eigentliche Aufgabe, sich selbst zu vervollkommnen.

Die Aufgabe der Ritter der Tafelrunde war,
sich selbst zu vervollkommnen.
Der Gegner war das eigene ICH.

Er fuhr fort: „Wie oben so unten, eine Lehre des Hermes Trismegistos. Dieser Lehrsatz war die Grundlage der astrologischen Lehre im Orient. Jeder damals gut ausgebildete Arzt kannte sich in der Astrologie sehr gut aus und wendete dieses Wissen zum Wohle seiner Patienten an."

Er las den Inhalt der Smaragdtafeln laut vor:

„Die Wahrheit mit Gewissheit und ohne jeden Zweifel ist dies:

Das Unterste ist wie das Oberste und das Oberste ist wie das Unterste, ein Werk des Einen.

So wie alle Dinge von dem Einen durch seinen Willen erschaffen wurden, so wurden alle Dinge aus diesem Einem heraus durch Adaptation erschaffen.

Seine Mutter ist der Mond, sein Vater ist die Sonne und die Erde hat ihn ernährt.

Dieses Eine ist die Ursache Aller Dinge.
Seine Kraft wird zur Perfektion, wenn sie in Erde verwandelt wird.

Trenne die Erde vom Feuer, das Subtile vom Groben klug und mit großem Unterscheidungsvermögen.

Dann steigt es von der Erde bis zum Himmel und sinkt vom Himmel zur Erde zurück und verbindet die Kraft des Unteren mit der Kraft des Oberen.

Dies ist die Kraft aller Kräfte, sie bewältigt das Feine und durchdringt das Grobe.

Auf diese Art wirst Du das Licht der ganzen Welt besitzen und alle Zweifel werden von dir abfallen.

Auf diese Art ward die große Welt erschaffen und auch die kleine Welt. Wunder werden vollbracht und das ist der Weg.

Darum wurde ich Hermes Trismegistos genannt"

Lucas blickte auf. Er spürte die unendlich tiefe Wahrheit dieser Worte. Eine Gänsehaut lief ihm den Rücken hinunter.

Dann las er weiter: „Gemäß der Zahl Zwölf, die als kosmische Zahl der Vollkommenheit galt, gibt es die zwölf Tierkreiszeichen."

Daher gab es auch zwölf Ritter der Tafelrunde, dachte Lucas. Er las weiter, dass die Zwölf die Anzahl der olympischen Götter Griechenlands war, die Anzahl der Heldenaufgaben des Herakles und dass Jesus zwölf Apostel hatte. Dann gab es noch die zwölf Früchte des heiligen Geistes, die zwölf Tore und Grundsteine der heiligen Stadt, die Zwölf für das Kosmische Karma, die Implementierung der kosmischen Harmonie in die materielle Welt und in die Musik. Die Liste war noch sehr lang.

Lucas schlug das Buch zu und stellte es zurück. Er sah sich weiter um. Plötzlich hörte er Stimmen. Er drehte sich um, um zum Gang zu sehen.

Er sah, wie Taschenlampen von oben in den Gang hinein leuchteten. Er blieb ganz still, um nicht entdeckt zu werden.

„Aber das Licht in dieser Kammer", sagte er um sich gleich darauf den Mund zuzuhalten. Er wollte nicht entdeckt werden. Anscheinend sahen die Besucher das Licht der Kammer nicht. Die Taschenlampen verloschen und die Stimmen wurden leiser.

„Warum wurde diese Kammer noch nicht entdeckt?" fragte Lucas und sah sich um. Aber es war niemand in der Kammer, der es hätte beantworten können. So ging er zum Altar in der Hoffnung, dass er eine Antwort bekäme. Aber er fand keine. Stattdessen sah er neben dem Altar ein kleines Buch liegen, in dem auch ein Stift steckte.

„Mein Tagebuch?"

Er nahm es in die Hand, schlug es auf und fand leere Seiten. War es Zufall, dass dort dieses Buch lag? Aber, gab es wirklich Zufälle?

Nachdem er es auf einen Stuhl gelegt hatte, wandte er sich wieder dem Altar zu und betrachtete sich ausgiebig in der Spiegelfläche.

Mit der linken Hand fuhr er sich durch das Gesicht und sah es auch in seinem Spiegelbild. Mit der rechten Hand wischte er leicht über die Oberfläche des Altars.

~*~

„Wir, die Anishinabe, sind der drittgrößte Indianerstamm in Nordamerika. Über Jahrhunderte hinweg pflegen wir den Kontakt zur Mutter Erde. Sie ist unser Lebensspender, sie sorgt für uns. Sie gibt uns zu Essen und zu Trinken. Sie sorgt für die warmen Felle und das Feuerholz im Winter. Sie gibt uns nachts den schützenden Himmel und tagsüber die wärmende Sonne", sagte

Michikinikwa und sah wieder zum Lagerfeuer.

Langsam zog er an seiner Pfeife und blies den Rauch genussvoll in den Abendhimmel. Ich konnte seine innere Zufriedenheit in seiner ganzen Ausstrahlung sehen, sein Leuchten in den Augen, das Leuchten seiner Aura. Einen zufriedeneren Menschen hatte ich zuvor noch nie gesehen. Ich konnte meinen Blick nicht

Jeden Tag seines Lebens
eine feine, kleine Bemerkung einzufangen -
wäre schon genug für ein ganzes Leben.

Christian Morgenstern

Wenn die Vögel singen, rufen sie dabei die Blumen des Feldes oder sprechen mit den Bäumen. Der Mensch mit all seiner Klugheit kann nicht verstehen, was die Vögel sagen, was der Regen spricht, wenn er auf die Blätter in den Bäumen fällt. Aber das Herz des Menschen ist imstande, die Bedeutung dieser Stimmen zu fühlen und zu begreifen.

Khalil Gibran

~*~

Die Indianer

Völlig überrascht und mit aufgerissenen Augen blickte ich mich um. Ich saß an einem Lagerfeuer, an dem auch viele Indianer saßen.

Michikinikwa, der Häuptling der Anishinabe Indianer saß neben mir und sah mir direkt in die Augen. Ich hatte das Gefühl, dass er nicht nur in meine Augen sah, sondern viel tiefer blicken konnte: in meine

Seele hinein. So tief war die Berührung, dass es mir heiß und kalt den Rücken hinunterlief und ich eine Gänsehaut bekam. Ein Teil von mir wollte weglaufen, ein anderer Teil war sehr neugierig. Und dieser Teil war glücklicherweise viel stärker, so dass ich sitzen blieb. Noch aber wusste ich nicht, dass er mein erster Lehrmeister sein sollte.

„Wir, die Anishinabe, sind der drittgrößte Indianerstamm in Nordamerika. Über Jahrhunderte hinweg pflegen wir den Kontakt zur Mutter Erde. Sie ist unser Lebensspender, sie sorgt für uns. Sie gibt uns zu Essen und zu Trinken. Sie sorgt für die warmen Felle und das Feuerholz im Winter. Sie gibt uns nachts den schützenden Himmel und tagsüber die wärmende Sonne", sagte Michikinikwa und sah wieder zum Lagerfeuer.

Langsam zog er an seiner Pfeife und blies den Rauch genussvoll in den Abendhimmel. Ich konnte seine innere Zufriedenheit in seiner ganzen Ausstrahlung sehen, sein Leuchten in den Augen, das Leuchten seiner Aura. Einen zufriedeneren Menschen hatte ich zuvor noch nie gesehen. Ich konnte meinen Blick nicht von ihm wenden.

Mir fielen die vielen unzufriedenen Menschen ein, die ich kannte. Sie strahlten schon den Stress aus, den sie sich selber machten. Es schien wie ein Kreislauf zu sein, um immer tiefer in die Stressspirale zu gelangen. Immer schneller und hektischer wurden die Zeiten.

Wenn ich zu Hause in den Spiegel sah, war auch in meinem Spiegelbild der Stress zu sehen. Er schien mich in sich aufzusaugen, wie der Sog einer Spirale, gleich dem Wasser, das spiralförmig aus der Badewanne lief, wenn der Stöpsel gezogen wurde.

Aber hier war es etwas ganz anderes. Hier war die Stille, die innere Ruhe und Gelassenheit. Und gerade hier war das Mitgefühl für die vielen Menschen der westlichen Welt, die sich diese Welt gar nicht mehr vorstellen konnten. Gerade hier in dem Volk, das von der westlichen Welt unterdrückt wurde.

Früher, als wir in der Schule Cowboy und Indianer spielten, wollte ich immer ein Indianer sein. Die Rolle des Cowboys erfüllte mich nicht. Mit den Indianern konnte ich mich so wunderbar identifizieren.

„Ihr im Westen", fuhr Michikinikwa fort, so als ob er meine Gedanken lesen konnte, „seid getrennt von der Mutter Erde. Sie spendet euch das Wasser und die Nahrungsmittel und ihr beutet sie aus. Sie spendet euch die Wärme durch das Holz und das Öl und ihr beutet sie aus. Ihr baut Städte und Straßen, ohne auf die Erde zu achten. Ihr baut Häuser an Stellen, die nicht geeignet sind. Das Leben ist in ihnen nicht möglich. Ihr ignoriert die Erde."

Er sagte es, ohne dass er sich darüber aufgeregt hätte, ohne Vorwurf. Nur als Feststellung und er hatte Recht! Wir tun einfach etwas, verändern etwas in der Natur, ohne auf die Erde Rücksicht zu nehmen ohne auf uns Menschen Rücksicht zu nehmen, ohne auf das Leben Rücksicht zu nehmen.

„Zu lange ward ihr getrennt von Mutter Erde." Er sah immer noch auf das Feuer und sein zufriedener Blick änderte sich nicht.

„Zu lange ward ihr von der Erde getrennt", wiederholte er und machte eine Pause. Ich hatte den Eindruck, dass er eine Antwort von mir erwartete. Aber mir fiel darauf nichts ein. Ich hatte die Bilder der Menschen in den Fußgängerzonen der großen Städte vor Augen, die zum nächsten Termin hetzten oder voller Gedanken über den nächsten Einkauf waren. Aber sie taten keinen einzigen Schritt bewusst! Sie bemerkten nicht, wie es sich anfühlte, den Boden zu berühren.

Ich sah zum Feuer. Es brannte hell und spendete an diesem kühlen Abend Wärme. Nicht nur die Wärme von Außen, sondern auch die Wärme im Inneren. Es war nicht wie ein normales Feuer, es war viel mehr!

„Ihr lauft in Schuhen aus synthetischem Material und über Straßen, die den Kontakt zur Erde unterbinden.

Lauft einmal Barfuß über den Sand und über das Gras! Verbindet euch wieder mit der Mutter Erde! Sie liebt euch, denn ihr seid ihre Töchter und ihre Söhne. Fangt wieder an, der Erde zuzuhören. Fangt an, euch selbst in Frage zu stellen. Fangt an, einen Schritt zurück zu treten, dann habt ihr die Möglichkeit, zu sehen, was ihr mit eurem starrem Blick nicht erfassen könnt."

Verbindet euch wieder mit der Mutter Erde!
Sie liebt Euch!

Mir war nicht ganz klar, was er mit dem einen Schritt zurückzutreten meinte. Ich wusste, dass er Recht hatte, aber ich wusste nicht genau, wovon er sprach.

Genüsslich zog er an seiner Pfeife und sah mich dann an. Er sah mir wieder tief in meine Augen und wieder berührte er damit meine Seele. „Mit Abstand könnt ihr sehen, dass ihr in einer Sackgasse steckt. Tretet einen Schritt zurück und ihr werdet sehen, welcher Weg der Bessere ist. Vertraut eurer Intuition und der inneren Stimme. So erfahrt ihr viel mehr, als ihr erahnen könnt. Aber sie spricht sehr leise. Hört ihr zu. Hört ihr zu, ohne das Gesagte zu interpretieren. Es gibt von dieser Stimme nichts zu interpretieren. Sie sagt es in eurer Sprache, so dass ihr es genau und klar versteht", sagte Michikinikwa und wendete sich wieder dem Feuer zu.

Ich saß da und blickte ihn eine Weile an. Er sah immer noch zufrieden aus.

Als eine alte Frau aufstand und drei Mal auf eine kleine Trommel schlug, verstummten alle und sahen sie an. Sie war eine alte Frau, die von der Sonne gebrannt und von der Erde geprägt schien. Sehr weise und voller Würde stand sie in der Runde. Nach einer Pause fing sie an, ein Gebet zu sprechen.

Ich verstand das Gebet nicht, spürte aber die tiefe Wirkung. Es war sehr berührend und nach dem Gebet war Stille. Es war so still, das das Knistern des Feuers sehr laut erschien. Eine tiefe Freude stieg in mir auf.

Michikinikwa wusste, dass ich das Gebet nicht verstanden hatte und übersetzte es:

„Mutter Erde, du liegst hier vor mir.
Du hast uns deine Fruchtbarkeit gegeben.
Du hast uns deine Kraft gegeben.
Ich bedanke mich bei dir, Mutter Erde, die du vor uns liegst.

Seht, wie Mutter Erde die Felder reifen lässt.
Seht diese viel versprechende Fruchtbarkeit.
Spürt ihre Kraft, die sie uns gegeben hat.
Ich bedanke mich bei dir, Mutter Erde, die du vor uns liegst.

Schaut, wie Mutter Erde die Bäume wachsen lässt.
Seht diese viel versprechende Fruchtbarkeit.
Spürt ihre Kraft, die sie uns gegeben hat.
Ich bedanke mich bei dir, Mutter Erde, die du vor uns liegst."

Ich sah ihn an und bedankte mich mit einem leichten Nicken. Worte mochten von mir nicht geformt werden. Sie konnten sowieso nicht das ausdrücken, was ich empfand. Er verstand es.

Die alte Frau setzte sich wieder in den Kreis zurück.

Nachdem die leisen Gespräche unter den Indianern wieder anfingen, hörten wir in der Ferne leise Trommeln. Zuerst dachte ich an kriegerische Trommeln, weil ich es von den üblichen Western kannte. Aber als ich die Reaktionen der Indianer sah - ich möchte sie hier als meine Freunde bezeichnen - war ich beruhigt. Sie hörten mit ihren Gesprächen langsam auf, als das Trommeln immer näher kam. Alle schauten in die Richtung aus der es kam. Leise Gesänge waren zu hören.

„Unser Medizinmann kommt", sagte Michikinikwa zu mir.

Michikinikwa bedeutete kleine Schildkröte. Wie passend der Name war, war mir im Laufe des Abends klar geworden. Er strahlte die Ruhe einer Schildkröte aus, die nichts und niemand aus der Ruhe bringen konnte. Ihre langsamen Schritte hatte er übernommen, in seinen Gedanken, in seinen Gesten, in seiner Art, mit Menschen umzugehen. Es schien keine Gedankenüberflut in seinem Kopf zu geben. Er hatte sehr wohl sortierte Gedanken, die zum Hier und Jetzt passten, wie vom Hier und Jetzt erschaffen. Sie schienen im Einklang mit der Natur und seinem Herzen zu sein.

Das wünschte ich mir auch für mich und war ein wenig neidisch auf ihn.

Ich kannte es bei mir ganz anders. Ein Gedanke jagte den anderen. Und hielt ich einen von ihnen fest, so gesellten sich gleich viele andere dazu, die im Kontext passten und eine Einheit bildeten. Eine

Phase des stillen Sitzens kannte ich auch, aber war sie bei mir, im Gegensatz zu Michikinikwas, sehr kurz. Wenn es eine Minute war, war ich schon sehr stolz.

Der Medizinmann erschien im Lichte des Lagerfeuers. Er schritt darauf zu, blieb stehen, hörte zu trommeln und singen auf und blickte mir direkt in die Augen. Mit seinen Händen gab er mir zu verstehen, dass ich mich erheben sollte. Ich tat es und sah ihn erwartungsvoll an.

Er hatte einen Platz für mich neben dem Feuer ausgesucht, an dem ich mich stellen sollte. Als ich dort stand, begann er zu trommeln. Ganz leise und ganz langsam. Als er etwas schneller trommelte, begann er zu summen, ein Summen, das sich langsam zu einem Singen steigerte. Gleichzeitig wurde das Trommeln schneller und lauter. Er tanzte um mich und um das Feuer herum. Drehte sich im Kreis, sah mich von oben nach unten an und wieder von unten nach oben. Ich hatte das Gefühl, gemustert zu werden. Allerdings nicht mein äußeres Ich, sondern mein inneres Ich. Mein Äußeres schien ihn gar nicht zu interessieren!

Ich sah mit fragendem Blick zu Michikinikwa hinüber. Er erwiderte meinen Blick, lächelte und nickte kurz. Ich blieb stehen und ließ mich überraschen.

Der Medizinmann bannte mich völlig: Ich konnte nur noch in seine Augen sehen, als er direkt vor mir stand und aufhörte zu tanzen. Sein Gesang wurde immer leiser, bis er verstummte. Die Trommeln streichelte er fast nur noch. Von den um mich herum sitzenden Indianern bekam ich nichts mehr mit. Ich war in seinem Bann.

Er sagte nichts, aber ich hatte das Gefühl, dass er direkt in meinem Gehirn Gedanken pflanzte:

Er sagte nichts, aber ich hatte das Gefühl, dass ich seine Worte in meinem Kopf hörte. War es Gedankenübertragung?

Ich wusste, dass ein Medizinmann heilt, dass ein Medizinmann Mittel und Wege kennt, anders zu heilen, als wir es in der westlichen Welt kennen, aber dass er auch Telepathie beherrschte, war mir neu.

Er sollte mich etwas über die Heilkunst der Indianer lehren.

„Physische Beschwerden können alle möglichen Ursachen haben, gute und schlechte. Sie setzen alle auf der spirituellen Ebene ein. Eine Infektion kann man auch als eine spirituelle Verunreinigung bezeichnen. Was sich im Körper abspielt, ist nicht das Wesentliche. Deshalb verlangt die Fähigkeit zu heilen mehr als nur das bloße Wissen um den Körper!

Wenn der moderne Arzt Kranke behandelt, sieht er nur die Krankheit und nicht den Menschen. Wenn also der Arzt nicht wirklich erkennt, was in seinem Patienten geschieht, wo das wirkliche Problem liegt, dann ist das nur vergebliche Mühe und hat ganz gewiss nichts mit Heilen zu tun.

Zu viele Menschen wissen nicht, dass sie, wenn sie der Welt schaden, sich selber schaden, noch verstehen sie, dass sie, wenn sie sich schaden, auch der Welt schaden."

Viele Menschen wissen nicht,
wenn sie sich selbst schaden,
dass sie auch der Welt schaden und
wenn sie der Welt schaden,
sich selbst auch schaden.

Benommen, wie in Trance stand ich da. Nicht wissend, wie lange es dauerte und was um mich herum passierte, wurde ich an die Hand genommen und sanft und liebevoll zu meinem Platz zurück gebracht.

Michikinikwa sah mich lächelnd an und reichte mir eine Pfeife. Ich nahm sie, obwohl ich Nichtraucher war. Mit der rechten Hand führte ich sie zum Mund und zog leicht daran. Der Qualm im Mund erinnerte mich an meine erste Zigarette, die ich gleich danach wieder ausdrückte. Schmecken mochte mir die Pfeife nicht. Ich behielt den Qualm eine Weile im Mund um ihn danach auszublasen. Einen weiteren Zug nahm ich nicht. Ich bemerkte aber, dass ich schnell wieder aus der Trance zurückkam. Ich war wieder geerdet und saß in der Runde.

Den Medizinmann sah ich nicht mehr. Ich blickte mich noch um, aber er war verschwunden.

„Aber unsere moderne Medizin verzeichnet doch viele Erfolge", sagte ich zu Michikinikwa.

„Ja", sagte er langsam, „in eurer Akutmedizin, zum Beispiel nach Unfällen hilft sie sehr schnell und gut. Aber wie sieht es mit anderen Krankheiten aus? Ihr habt die so genannten Zivilisationskrankheiten. Sie treten auf, wenn ihr euch von Mutter Erde entfernt, wenn ihr euch von ihr trennt. Dann sucht ihr im Außen euer Heil und nicht da, wo ihr es finden könnt, im Innern. Aber wenn ihr im Inneren nicht bereit seid, heil zu werden, werden die Mittel im Außen auch nicht helfen."

Er machte eine lange Pause und sah mich dabei an. Ich wusste, dass er den Satz noch weiter führen würde. Ich sah ihn noch eine Weile an, blickte mich dann im Kreis um, weil ich seinem Blick nicht Stand hielt. Die anderen Indianer unterhielten sich und einige sahen zu mir herüber.

Alle waren bunt gekleidet, wie zu einem Fest. Ihre Bemalung fand ich sehr schön, aufeinander abgestimmte Farben und den passenden Schmuck dazu. Einige hatten eine kleine Rassel in der Hand, die sie bisher aber nicht benutzt hatten.

„Wenn ihr aber im Inneren bereit seid", fuhr er fort, „heil zu werden, dann können euch die äußeren Mittel unterstützen. Heilen werden sie euch nicht, sie unterstützen euch bei eurer Heilung, die aus dem Inneren kommt."

Wenn ihr aber im Inneren bereit seid,
heil zu werden,
dann können euch die äußeren Mittel unterstützen.

Er drehte sich zum Feuer und zog genüsslich an seiner Pfeife. Ich sah wieder den zufriedenen Blick in seinen Augen.

Eine andere ältere Frau stand auf, kam mit einem kleinen Körbchen auf mich zu und setzte sich direkt vor mich hin. Sie griff in das Körbchen und holte zwei Bündel Kräuter heraus. Auf einem kleinen Deckchen breitete sie sie aus und fing an zu erzählen.

Michikinikwa übersetzte: „Dieses Kräuterbündel habe ich gepflückt, ohne mit den Kräutern zu sprechen."

Sie streckte mir ein Bündel Kräuter entgegen. Ich nahm es, schnupperte daran, betastete es und gab es ihr zurück. Sie legte es auf das Deckchen, nahm das zweite Bündel und gab es mir.

„Dieses Bündel habe ich gepflückt und habe mit den Kräutern vorher gesprochen. Ich habe ihnen erzählt, wofür ich sie brauche, was ich mit ihnen vorhabe. Ich habe ihnen erzählt, dass ich sie dir zeigen werde, damit du den Unterschied erfahren mögest."

Ich fühlte an den Kräutern, roch an ihnen und blickte sie zweifelnd an. Sie gab mir das erste Bündel und ich roch daran. Ich konnte nicht sagen, ob es Einbildung war oder ob es wirklich so war, aber das Bündel Kräuter, mit dem sie vorher gesprochen hatte, roch im Vergleich frischer und fühlte sich auch frischer an. Es war kein großer Unterschied, aber er war spürbar.

„Bilde ich mir das nur ein, dass das zweite Bündel frischer ist?" fragte ich die Frau und Michikinikwa übersetzte es.

„Du bildest es dir nicht ein. Es ist so. Und, wenn ich dir erzähle, wirst du es kaum glauben: Diese Kräuter", dabei zeigte sie auf das erste Bündel, „habe ich gestern gepflückt. Und dieses Bündel", sie zeigte auf das zweite Bündel, mit dem sie vorher gesprochen hatte, „habe ich vor einer Woche gepflückt."

Ich sah sie erstaunt an! Eine Woche alte Kräuter, die frischer zu sein schienen, als einen Tag alte Kräuter!

„Unglaublich!" sagte ich überrascht.

Als Michikinikwa es übersetzte, lachten alle Indianer in der Runde. Mir war es schon ein wenig peinlich, so als unwissender Westler hier zu sitzen. Ich dachte doch, dass ich schon sehr viel wusste. Und die Gedanken, die mir sagten, dass sie in Frischhaltefolie gelagert wurden oder im Kühlschrank oder auf irgend eine sonstige Weise frisch gehalten wurden und die anderen Kräuter künstlich gealtert wurden, entbehrten hier jeglicher Logik: Hier gab es keine Folie und auch keine Kühlschränke!

Innerlich war mir schon klar, dass sie Recht hatten. Ich bedankte mich sehr herzlich bei ihnen für die Lektionen.

Die Frau stand auf und berührte mich sehr liebevoll und herzlich an meiner linken Schulter. Ihr Blick war sehr warmherzig, so wie eine Großmutter, die ihren Enkel sehr liebte.

Als sie sich in die Runde zurückgesetzt hatte, fing ein Indianer an zu singen. Er hatte eine sehr sanfte Stimme, die jede Zelle meines Körpers erreichte. Einige andere Indianer stimmten mit ein. Es wurde immer berührender und schöner. So viel Liebe zu fühlen war schon sensationell!

Als alle sangen, stimmte ich mit ein. Das Singen brachte mich in den siebten Himmel und noch darüber hinaus.

Es war sehr anregend und gleichzeitig entspannend. Ich fühlte ein Losgelöstsein in mir, das ich gar nicht beschreiben konnte. Der Himmel auf Erden!

Als die Gesänge ausklangen, stand ein Indianer auf, der eine Geschichte erzählte. Wieder hatte Michikinikwa übersetzt.

„Der Fischreiher und der Kolibri waren sehr gute Freunde. Der Fischreiher war groß, ungeschickt und hoch aufgeschossen. Der Kolibri war klein, geschmeidig und schnell. Beide liebten es, Fisch zu essen. Der Kolibri bevorzugte kleine Fische und der Fischreiher große Fische.

Eines Tages sagte der Kolibri zu seinem Freund: ‚Ich bin mir nicht sicher, ob es auf der Welt genug Fische für unsere beiden Arten gibt. Warum sollen wir nicht ein Rennen veranstalten um herauszubekommen, wem die Fische gehören?'

Der Fischreiher fand diese Idee sehr gut. Sie beschlossen, dass sie für vier Tage das Rennen durchführen wollten. Das Ziel war ein toter Baum neben dem Weit-Weg-Fluss. Demjenigen, der am vierten Tag des Rennens als erster auf der Krone des Baumes sitzen würde, dem gehörten alle Fische der ganzen Welt.

Sie starteten am nächsten Morgen. Der Kolibri schwirrte um den Fischreiher herum, der seine großen Flügel schwang und mit Anlauf zu fliegen begann. Der Kolibri wurde von einer schönen Blume am Weg abgelenkt. Er würde nur kurz hin huschen um den Nektar zu kosten. Als der Kolibri bemerkte, dass er vom Fischreiher überholt wurde, beeilte er sich, um aufzuschließen, überholte ihn und ließ ihn weit hinter sich. Der Fischreiher aber flog gleichmäßig mit seinen großen Flügeln weiter.

Der Kolibri wurde müde von seinen kleinen Ausflügen. Als es dunkel wurde, entschied er sich, eine Pause einzulegen. Er fand einen Ast, auf dem er die Nacht verbringen konnte. Aber der Fischreiher flog gleichmäßig mit seinen großen Flügeln weiter.

Als der Kolibri am nächsten Morgen aufwachte, war der Fischreiher schon sehr weit weg. Der Kolibri musste so schnell fliegen, wie er konnte um den Fischreiher einzuholen. Er holte ihn ein und überholte den großen ungeschickten Fischreiher, den er schnell hinter sich ließ. Dann bemerkte er schöne Blumen neben sich. Er huschte schnell hin und kostete ihren Nektar. Er war entzückt von der schönen Szenerie, so dass er nicht bemerkte, dass der Fischreiher mit seinen großen Flügeln ihn wieder überholte.

Aber der Kolibri erinnerte sich daran, dass er mit dem großen Fischreiher ein Rennen bestritt und flog so schnell er konnte um ihn zu erreichen, den ungeschickten großen Vogel. Dann erreichte er ihn und flog um ihn herum, der unbeirrt weiter flog, mit seinen großen Flügeln.

Weitere zwei Tage flogen der Kolibri und der Fischreiher zum Weit-Weg-Fluss mit dem toten Baum, der das Ziel darstellte. Der Kolibri hatte eine fabelhafte Zeit, nippte Nektar, schwirrte um die Blumen und ruhte sich jede Nacht aus. Der Fischreiher flog stoisch weiter mit seinen großen Flügeln, trieb sich selber an, durch den Himmel am Tag und in der Nacht.

Der Kolibri wachte früh am Morgen des vierten Tages erfrischt und gestärkt auf. Er flog zum Flussbett mit dem toten Baum. Als er in Sichtweite war, sah er den Fischreiher, wie er auf der Krone des Baumes saß! Der Fischreiher hatte gewonnen, weil er direkt und Tag und Nacht durchgehend geflogen war, während der Kolibri in der Nacht schlief.

Von diesem Tage an gehörten den Fischreihern alle Fische der Flüsse und Seen. Aber der Kolibri kostete von dem Nektar vieler Blumen, die ihm während des Rennens so viel Freude bereiteten."

Ich sah den Indianer an, der diese Geschichte erzählte. Ich sah, wie er sich setzte und alle Indianer in sich versunken waren. Ich begann auch, in mich hinein zu hören.

„Ist so das Leben? Kann ich mir jeder Zeit aussuchen, ob ich ein Leben wie ein Fischreiher führe, der stur seinen Weg geht oder das eines Kolibri, der jeder Zeit das Schöne im Leben genießt?" fragte ich, bekam aber keine Antwort.

Michikinikwa begann nach einiger Zeit zu sprechen:

„Wir erwidern den Dank an unsere Mutter, die Erde, die uns ernährt.

Dank an den Wind, der die Luft bewegt, die die Krankheiten vertreibt.

Dank an unseren Großvater, dem Schöpfer, der seine Enkelkinder beschützt und uns seinen Regen schenkt.

Dank an die Sonne, die mit wohlwollendem Auge auf die Erde schaut und ihr Licht und ihre Wärme spendet."

Alle sagten gemeinsam; „Hugh". Und es wurde still. Ganz still. Nicht einmal mehr das Knistern des Feuers war zu hören.

Michikinikwa nahm mich bei der Hand und ging mit mir zu einem Platz, an dem schon der Medizinmann saß. Er deutete mir, mich hinzusetzen. Neugierig wartete ich.

Der Medizinmann nahm einen Kristall und setzte ihn ganz behutsam auf die Erde, die wie sauber gefegt aussah. Er sprach und Michikinikwa übersetzte.

„Dieser Kristall steht für deine Wünsche, für deine Heilung, für die Heilung von Erde, Wasser und Luft. Er steht für das, was geheilt werden möchte. Er steht nicht für das, was du heilen möchtest, er steht für das, was geheilt werden möchte. In dir spürst du es, was geheilt werden will. Dazu musst du in die Stille gehen, um deine innere Stimme zu hören. Es ist immer der richtige Zeitpunkt für die Stille, für deine Weisheit, für die große Weisheit. Sie ist in kleinen wie auch in großen Dingen, sie ist überall gleich. Sie ist überall gleich wichtig."

Es ist immer der richtige Zeitpunkt für die Stille,
für deine Weisheit, für die große Weisheit.

Ich sah, wie der Medizinmann ganz behutsam seine Hand von dem Kristall nahm, so als ob er ihn durch das Loslassen nicht mehr bewegen wollte, ja, vielleicht nicht einmal wecken wollte. Voller Respekt und Ehrfurcht.

Er nahm aus seinem Beutel vier größere Steine, putzte sie mit seinen Händen, besprach sie und setzte einen Stein auf einen bestimmten Platz. Zumindest sah es so aus, weil er nach oben zur Sonne schaute. Die anderen drei Steine stellte er im gleichen Abstand voneinander und zum Kristall auf, wie ein Kreuz.

„Das Medizinrad", begann Michikinikwa, „ist ein heiliges Ritual, an dessen Aufbau nur wenige eingeweihte Menschen teilnehmen dürfen. Es ist eine ganz besondere Ehre, dass du hier sein darfst. Schaue es dir genau an.

Die vier Steine zeigen in die vier Himmelsrichtungen. An denen das Medizinrad ausgerichtet wird."

Ich sah, wie der Medizinmann weitere Steine nahm und sie in engem Kreis um den Kristall legte. Ich zählte sieben Steine. Von dort aus wurden zu den größeren Steinen jeweils drei kleine Steine gelegt, die die Speichen darstellten. Zum Schluss legte er zwischen die großen Steine jeweils drei Steine, die das Rad komplett machten.

„Das Medizinrad ist jetzt fertig und nun wird es eingeweiht und aktiviert."

Der Medizinmann, Michikinikwa und ich standen auf und stellten uns um das Medizinrad.

Sie begannen zu singen. Nach einiger Zeit konnte ich mit einstimmen und mittanzen. Wir tanzten und sagen eine lange Zeit. Dadurch wurde ich immer munterer, aber hatte auch das Gefühl, mich immer weiter von diesem Platz zu entfernen. Je mehr ich das Gefühl hatte, mich weiter von diesem Platz zu entfernen, desto mehr andere Wesen spürte ich, die sich um das Medizinrad versammelten und tanzten. Ich konnte fast sehen, wie die Energie immer weiter stieg.

Das Medizinrad wurde von allen Wesen, sogar von mir, aus dem Herzen gespeist. Die Energie gelangte über die vier großen Steine und über die Speichen zum Kristall. Die beiden Kreise schienen die Energie zu harmonisieren und zu bündeln.

Der Kristall fing an zu leuchten und von ihm stieg eine Lichtsäule empor!

Es war sehr berührend, mit wie viel Liebe, mit wie viel Hingabe sie tanzten, sangen und die Energie lenkten. Oder lenkten sie sie etwa nicht? Denn ich hatte das Gefühl, dass die Energie, die durch mich floss, gar nicht von mir stammte, sondern aus einer unerschöpflichen Quelle. Je länger ich tanzte und sang, desto mehr Energie spürte ich in mir.

Ich hatte die Hoffnung, dass es immer so weiter gehen würde. Aber leider war es nicht so. Sehr schade fand ich, dass das Lied langsam beendet wurde und eine Stille einkehrte, die ich vorher noch nie so gespürt hatte. Eine Stille, die ich hören konnte.

Wir standen andächtig um das Medizinrad herum. Ich kam immer mehr aus meiner Trance zurück. Als ich wieder vollkommen im Hier und Jetzt war, sah ich die anderen Wesen auch nicht mehr. Der Medizinmann und Michikinikwa sahen mich an und lächelten.

„Vielen Dank, dass du das Ritual mitgemacht hast", bedankte sich Michikinikwa und verbeugte sich vor mir. Ich verbeugte mich vor ihm und dem Medizinmann.

In Stille setzten wir uns hin und Michikinikwa zündete eine Pfeife an. Er reichte sie zum Medizinmann, der sie zu mir weiter reichte. Wir nahmen Züge davon und bliesen sie nacheinander nach rechts aus, nach links, nach oben, nach unten und zum Schluss in die Mitte.

„Vielen Dank für das wunderbare Geschenk der Erfahrungen. Ich werde es immer bei mir behalten!" sagte ich voller Stolz.

Michikinikwa antwortete: „Bei uns Indianern ist es mit den Geschenken so, dass du es entgegen nimmst, eine Zeit lang behältst und dann an andere weiter verschenkst. Es muss im Fluss des Lebens bleiben, damit der Fluss des Lebens erhalten bleibt."

Ich musste einmal kurz blinzeln, als der Rauch meine Augen streifte und auf einmal befand ich mich wieder in der Kammer!

In der Kammer

Verwirrt sah sich Lucas um. Ein für ihn sehr vertrauter Laut kam aus ihm heraus: „Hmmm." Und das mit einer Betonung, die auch Verwunderung ausdrückte. ‚Hmmm' sagte er immer, wenn er verwundert war, manchmal aber auch ein kurzes ‚Oh'.

Sein rechtes Auge juckte noch von dem Rauch der Pfeife. Anscheinend war es doch kein Traum. Würde sonst sein rechtes Auge noch jucken und seine Kleider nach dem Lagerfeuer riechen?

Aber etwas hatte sich in der Kammer verändert. Die Stühle sahen nicht mehr alle gleich aus, einer hatte eine andere Farbe.

Lucas ging auf ihn zu, um ihn sich näher anzuschauen. Auf der Sitzfläche sah er ein Symbol: Das Medizinrad! Vorsichtig berührte er es mit seinen Fingern der rechten Hand. Falls es aufgemalt war, wollte er es nicht verwischen. Aber es war aufgestickt! Und es sah nicht so aus, als ob es gerade erst aufgestickt worden wäre. Es sah so aus, als ob es schon lange auf diesem Stuhl war.

Er verglich diesen Stuhl mit den anderen Stühlen. Aber bei den anderen Stühlen war keine Stickerei zu sehen und auch nicht zu fühlen. Vielleicht hatte jemand den Stuhl ausgetauscht?

Lucas sah sich um. Ihm wurde bei diesem Gedanken etwas mulmig. Sollte er nicht alleine sein? Es deutete aber nichts auf eine Tür hin. Die Wände sahen wie zuvor aus. Aber trotzdem hatte er das Gefühl, nicht alleine zu sein.

Auf dem Altar hatte sich auch etwas verändert. An einer Stelle war das Symbol des Medizinrades deutlich zu sehen. Es war erhaben und von unendlicher Schönheit und Präzision. Andere Symbole konnte er nicht sehen. Der Rest der Altarplatte war glatt und glänzend.

„Schwitzhüttenrituale wurden bei den Indianern auch durchgeführt", sagte Lucas nachdenklich, „Aber warum war keines bei meinem Besuch dabei?"

Er sah zum Bücherregal und ihm fiel ein Buch in der Mitte der dritten Reihe von oben auf. Er nahm es, schlug es vorsichtig auf und hatte eine leere Seite aufgeschlagen.

Er schlug es zu und öffnete es auf einer anderen Seite. Wieder eine leere Seite! Auch der dritte Versuch endete so. Aber, als er es von vorne durchblätterte, war jede Seite beschrieben oder es waren Bilder und Zeichnungen zu sehen. Es schien, dass das Buch wollte, dass er es von vorne, der Reihenfolge nach, durchblättern sollte.

Auf manchen Seiten hielt er inne und las einen oder zwei Abschnitte. Er stellte das Buch wieder in das Regal, denn er konnte nichts mit dem Text anfangen. Also sah er sich in der Kammer um. Nun fesselte ihn ein Bild an der Wand.

„War ich durch das Bild gekommen?" fragte er sich und er betrachtete es genauer. Der Mittelpunkt hatte es ihm angetan. Er ging näher heran, um es genauer zu sehen. Aber auch hier entdeckte er nichts. Es waren viele verschiedene Farben, die übereinander lagen. Sie waren sehr klar und deutlich zu sehen und voneinander zu unterscheiden. Es sagte ihm aber nichts!

„Hmmm."

So ging er zum Stuhl mit dem Medizinrad und setzte sich hin. Dabei spürte er eine Wärme, die aus dem Medizinrad zu kommen schien. Es wurde wärmer und wärmer, bis es ihm zu heiß wurde. Er stand schnell wieder auf und sah auf den Stuhl. Erkennen konnte er nichts. Als er das Rad mit der Hand berührte, war es kalt.

„Ich sollte mich doch wohl nicht auf den Stuhl setzen!" Er sah sich den Altar an, aber er hatte sich nicht weiter verändert. Das Medizinrad war deutlich erkennbar und sonst nur die goldene, ebene Fläche.

„War hier vorhin jemand?" fragte er. Eine Antwort erwartete er nicht, denn er war alleine, oder? Hatte diese Kammer vorher niemand entdeckt? Geplündert war sie auf jeden Fall nicht. Dazu standen zu viele sehr wertvolle Gegenstände ordentlich herum. Und sie war sehr sauber, so als ob sie jeden Tag gereinigt würde.

Er strich mit der rechten Hand über den Altar, so als ob er Staub von ihm wischen wollte, obwohl er sauber war.

~*~

Ist das, was das Herz glaubt, nicht genauso wahr wie das, was das Auge sieht?

Khalil Gibran

~*~

Philippinen

Mitten in Panay saß ich auf dem Versammlungsplatz neben Antoon. Er kam mir bekannt vor, wie auch Michikinikwa, der Indianer. Aber in meinem jetzigen Leben waren wir uns offensichtlich noch nicht begegnet.

Antoon war Missionar und erzählte mir seine Sichtweise von der Arbeit eines Missionars. Gelernt hatte ich in der Schule, dass sie zu den nativen Völkern fahren und sie den christlichen Glauben lehren - ob sie wollten oder nicht. Die Geschichtsbücher sind voll davon, von Geschichten, die sogar blutig endeten.

„Wir lehren ihnen den christlichen Glauben, aber wir berücksichtigen dabei immer den Glauben der Menschen", begann Antoon.

„Von Gemetzel wurde berichtet", sagte ich in vorwurfsvollem Ton.

„Legenden halten sich über viele Jahre, Jahrzehnte, Jahrhunderte. Da kannst du noch so viel reden und handeln, aber aus manchen Köpfen bekommt man es einfach nicht heraus.

Es kann sein, dass diese Dinge vorgekommen waren, aber nur in einzelnen Fällen. Und es wird dann gerne pauschalisiert."

Dabei bemerkte ich, dass ich auch manchmal pauschalisierte und hatte dabei einen nachdenklichen Gesichtsausdruck.

Antoon sah es und lachte: „Natürlich. In manchen Punkten sind wir alle so! Wir haben unsere Erfahrungen gemacht, sind von ihnen überzeugt und sehen es gleich überall. Und wenn dann einer ankommt und behauptet etwas anderes, dann werden wir nicht sofort seiner Meinung sein. Manche Menschen lassen sich nur schwer überzeugen oder zeigen sich sogar verschlossen."

Ich lächelte: „Wovon hängt es aber ab, ob wir die neuen Sichtweisen annehmen?"

„Das hängt von vielen Faktoren ab. Ein Faktor ist, ob es in deinem Leben etwas gibt, mit dem du nicht zufrieden bist. Wenn du mit deinem Leben rundum zufrieden bist, wirst du dich in den meisten Fällen nicht ändern. Wir ändern erst dann etwas, wenn wir eben nicht zufrieden sind."

„Es gibt schon einiges, mit dem ich nicht zufrieden bin."

„Zusätzlich hängt es davon ab, wie lange du dieses Muster, mit dem du unzufrieden bist, in dir trägst. Je länger es ist, desto vertrauter ist es und desto schwerer kannst du dich davon lösen. Du weißt dann nicht, wie es ohne dieses Muster ist. Vielleicht hast du dann sogar das Gefühl, die Welt würde zusammen brechen."

Er machte eine kleine Pause.

„Unbekanntes verursacht sehr oft Unbehagen, manchmal macht es auch Angst, denn du weißt nicht, was auf dich zukommt."

> Unbekanntes verursacht sehr oft Unbehagen,
> manchmal macht es auch Angst,
> denn du weiß nicht,
> was auf dich zukommt.

„Genau. Wenn ich dann genau wüsste, was auf mich zu käme, könnte ich mich darauf einstellen."

„Und genau das ist das Unbehagen. Du kannst dich nicht darauf einstellen, weil du es nicht kennst. Dass heißt auch, dass du flexibel werden musst, um das Neue anzunehmen. Aber flexibel heißt auch, das Alte loszulassen oder zumindest in Frage zu stellen."

„Ist das nicht bei jedem so?"

„Die meisten werden sagen, dass sie flexibel sind und sich auf Neues leicht einstellen können. Dann brauchen sie nicht zuzugeben, dass sie Angst haben. Angst zählt in deiner Gesellschaft als Schwäche."

„Wieso in meiner Gesellschaft? Antoon, du bist doch auch in meiner Gesellschaft. Wir sitzen hier zusammen!" entgegnete ich.

„Richtig, wir sitzen hier zusammen. Aber du darfst nicht vergessen, dass du in der Kammer bist und deine Gesellschaft verlassen hast, um zu lernen! Und ich bin hier, um Dich zu lehren. Meine Erfahrungen hatte ich in den vielen Jahren als Missionar gemacht. Da kann an jedem Tag etwas Neues auf dich zukommen. Du musst dich flexibel darauf einstellen können."

„Bin ich nicht wirklich hier?"

„Doch du bist wirklich hier, allerdings auf einer anderen Ebene. Welche Ebene es ist, kann ich dir an dieser Stelle nicht sagen. Das würde zu weit führen."

Ich sah ihn an und verstand - oder auch nicht so ganz!

„Dass du es jetzt nicht verstehst, ist vollkommen in Ordnung. Es gibt Dinge zwischen Himmel und Erde, für die der menschliche Verstand nicht ausreicht. Und das hat einen guten Grund!"

„Und diesen Grund nennst du mir auch nicht", behauptete ich.

„Doch. Du bist auf der Erde um dich zu erfahren. Wenn du das Wissen mitgenommen hättest, was du vor deiner Inkarnation hattest, dann könntest du viele Erfahrungen nicht machen. Du wüsstest einfach schon, was das Ergebnis deiner Handlungen wäre."

„Und so ist das Spiel viel interessanter", sagte ich mit einem Lächeln im Gesicht.

Antoon lächelte mich an.

„Und so ist das auch mit den Gedanken über die Missionare", fuhr Antoon fort. „Wir sind hier in Panay, um den Menschen, die von den

Lowlandern verdrängt werden, zu helfen. Helfen ihren Platz behalten zu können. Sie werden schnell von den westlich denkenden Menschen verdrängt. Es werden Vorschriften gemacht, die ihnen nicht erläutert werden. Sie sollen nur Verträge unterschreiben und haben dann das Nachsehen. Wir helfen Ihnen, ihre Rechte zu vertreten.

Aber nicht nur bei den Missionaren ist es so, dass sich Vorurteile lange halten. Man findet es in jedem Bereich des Lebens. Manchmal genügt es, dass ein Mensch etwas sagt und es verbreitet sich oft ungeprüft in der Menschheit und ist dann sozusagen ‚Gesetz'.

Und im Informationszeitalter, in dem alle Informationen zum Beispiel über das Internet erfahren werden können, ist dieses Phänomen noch viel stärker. Das nennt sich dann Desinformation durch zu viel Information. Keiner liest sich mehr alles durch und es wird nur überflogen und quer gelesen.

Aber gerade bei Informationen, die im Überfluss angeboten werden, wird immer öfter die Frage gestellt, ob die Quelle vertrauenswürdig ist, widerspruchsfrei und verständlich. Davon hängt es ab, ob wir der Information trauen.

Das wird von verschiedenen Institutionen bewusst für ihre Zwecke ausgenutzt.

Es wichtig, auf deine Intuition zu achten!"

Bei Informationen, die du bekommst,
ist es wichtig, auf deine Intuition zu achten.

„Desinformation durch zu viel Information? Wie funktioniert das?" fragte ich.

„Wenn du einen Brief bekommst, zum Beispiel von einer Versicherung, dann liest du ihn durch und verstehst ihn. Wenn aber diesem Brief noch über vier Seiten klein gedruckte Bedingungen zugefügt werden, lesen die meisten Menschen sie nicht mehr durch. Zumal diese auch so formuliert sind, dass sie nur von Juristen gut verstanden werden. Für Menschen, die kein Jura studiert haben, ist es oftmals schwer, sie zu verstehen. So werden sie oft nicht gelesen. Manche Versicherungen spekulieren auch darauf."

„Früher gab es zu wenig Informationen, heute sind es zu viele", fasste ich zusammen.

„Ja. Und so bestehen wenige Chancen eine einmal eingebrannte Sichtweise zu ändern. Es bedeutet auf jeden Fall viel Arbeit und Geduld!"

„Und was kann man da machen, was kann ich machen?"

„Überprüfe deine Sichtweisen. Überprüfe sie mit einigem Abstand, so dass du mehr sehen kannst, mehr von den entsprechenden Situationen wahrnehmen kannst. Werde ein Beobachter von dir selbst.

Werde still und höre auf deine innere Stimme. Sie ist ganz leise, viel leiser als deine Gedanken.

Als Vergleich lässt sich sagen, dass die innere Stimme ein Flüstern ist und die Gedanken vielleicht die Lautstärke eines Presslufthammers haben.

Die innere Stimme sagt dir, was zu tun ist. Sie sagt dir, was wirklich wahr ist."

„Was falsch ist", unterbrach ich Antoon.

„Nein. Falsch sind andere Sichtweisen nicht. Es entspricht einer anderen Wahrheit. Jeder bezweckt etwas mit seinem Handeln und je nach Moral werden die Mittel dazu ausgewählt. Aber immer entsprechen sie der Wahrheit des Einzelnen."

„Also gibt es kein Richtig und Falsch?"

„Genau. Wenn du in der Lage bist, den Beobachterposten einzunehmen..."

„Beobachterposten?" unterbrach ich ihn schon wieder.

„Ja, Beobachterposten. Das kannst du dir so vorstellen, als ob du auf einem Berg stehst und dir die gesamte Situation von oben anschaust. Du hast den Überblick und kannst es mit Abstand besser beurteilen, als wenn du zum Beispiel in einer großen Menschenmenge stehst."

„Ach so!"

„Wenn du in der Lage bist, den Beobachterposten einzunehmen", begann er von neuem, „dann kannst du die Sichtweisen der anderen Beteiligten verstehen oder auf jeden Fall besser verstehen. Du kannst erfahren, dass aus ihrer Sicht die Reaktion oder Aktion völlig korrekt ist."

„Das muss ich erst einmal verinnerlichen", gestand ich.

Es gibt zu Allem unterschiedliche Sichtweisen,
die sich zwar unterscheiden,
aber alle ein Blickwinkel derselben Sache sind.
Also müssen alle Sichtweisen
sowohl wahr als auch unwahr sein!

„Gut", sagte Antoon, „wir machen eine Pause. Möchtest du einen Tee?"

„Ja, gerne."

Antoon bereitete den Tee zu. Er machte daraus eine richtige Zeremonie. Ich beobachtete ihn genau. So brauchte ich mir erstmal über seine vielen Ausführungen keine Gedanken zu machen. Es waren doch sehr viele Informationen bis hier her. Aber anscheinend hatte er sie so aufbereitet, dass ich alles gut nachvollziehen konnte.

Der Tee war köstlich und wir genossen ihn in Stille. Wir sprachen kein Wort. Sogar meine Gedanken verstummten. Sie wollten die wunderbare Stille nicht durchbrechen.

Mich erfasste ein Geistesblitz und ich durchbrach die Stille: „Jetzt begreife ich. Wenn ich die Position des anderen einnehme, kann ich verstehen, warum er so handelt."

„Genau."

„Und dann, wenn ich das verstehe, wenn ich den anderen verstehe, gibt es dann auch keinen Streit mehr?"

„In der Regel wird dann kein Streit ‚vom Zaun gebrochen'. Das gleiche ist es, wenn du deinen Feind verstehst, wenn du seine Geschichte kennst, ist er nicht mehr dein Feind! Du verstehst ihn und ihr beide seid in der Lage, gemeinsam eine Lösung zu finden."

> Wenn du die Geschichte deines Feindes kennst,
> ist er nicht mehr dein Feind.
> Ihr könnt gemeinsam die beste Lösung finden.

„Das ist ja klasse!" rief ich aus. „Dann können alle Probleme auf einfache Weise gelöst werden!"

„Wenn beide Seiten bereit sind, zusammen zu arbeiten", warf Antoon ein.

„Ist das nicht sowieso so?"

„Nein, es gibt Menschen, die an Konflikten verdienen. Denen ist es nicht recht, wenn friedliche Lösungen gefunden werden."

„Ja", sagte ich, „aber eines Tages werden sie auch lernen."

Antoon lächelte und wir tranken unseren Tee aus.

Kurz musste ich blinzeln und war wieder in der Kammer.

In der Kammer

Lucas stand noch genau so vor dem Altar, wie er gerade darüber gewischt hatte. Nur war das nächste Symbol, ein Staurogramm sichtbar und fühlbar. Er sah es sich genau an: Es sah aus, wie ein ‚P', dass über ein ‚T' gelegt wurde, so dass ein gleichseitiges Kreuz entstand und der Bogen des P den oberen rechten Quadranten bildete. Er genoss den Anblick. Die Erhabenheit des Symbols. Auf der Oberfläche war es glatt und doch konnte er die Konturen deutlich sehen, genau so, wie bei dem Medizinrad.

Ein kurzer Blick zur Seite bestätigte seinen Gedanken, dass sich der nächste Stuhl verändert hatte. Aber er genoss weiterhin den Anblick des Symbols. Exakt geformt, genauer und schärfer als die Wirklichkeit.

Der Stuhl hatte das gleiche Symbol auf der Sitzfläche und die Farben der beiden Stühle waren gleich. Der Stoff hatte die gleiche sehr gute Qualität und fühlte sich sehr weich und strapazierfähig an.

„Wo ist die versteckte Kamera?" fragte er etwas lauter. Aber es gab keine Reaktion. Diese Frage wurde nicht beantwortet. Wieder hatte er das Gefühl, dass jemand in dieser Kammer war. Vielleicht täuschte er sich aber auch.

„Wieso können die Stühle sich verändern, wenn ich unterwegs bin?" fragte er sich und begann, die Stühle zu untersuchen. Lange betrachtete er jedes Detail, konnte aber keine Mechanik entdecken. Auch seine Suche beim Altar war erfolglos. Sie schienen sich wie aus dem Nichts zu verändern!

Im Bücherregal stach wieder ein Buch hervor. Lucas nahm es und blätterte wie in dem vorhergehenden Buch darin herum. Bei dem Wort

Staurogramm hielt er inne und las: „Das Staurogramm, das ähnlich dem Ankh aussieht, dem Zeichen für Leben, ist das Symbol für Jesus Christus."

Danach stellte er es zurück.

Bei den Bildern fand er keine Hinweise. So widmete er sich wieder dem Altar. Diesmal versuchte er herauszubekommen, wo die nächste Reise hinführen würde und wie es sich kurz davor anfühlte. Aber gerade als er angesetzt hatte, zu wischen, war er bereits auf seiner nächsten Reise.

Beherzt ist nicht, wer keine Angst kennt,
beherzt ist, wer die Angst kennt und sie überwindet.

Khalil Gibran

~*~

Maya

„Du bist im Zeichen des Kan geboren", sagte Itzamná zu mir.

„Was das auch immer bedeuten mag", sagte ich so vor mich hin.

„Lass es mich erklären", begann er. Dabei setzte er sich auf die Treppe, die zum Eingang des Tempels der Inschriften führte.

Wir befanden uns in Mexiko, in Palenque und ich war mit Itzamná zusammen. Von hier konnten wir den Palast sehen und den schönen weiten Blick über die Landschaft genießen.

Der Name Palenque stand für ‚befestigte Häuser'. Sie waren alle sehr solide gebaut. Der Tempel der Inschriften, eine Stufenpyramide, maß etwa zwanzig Meter in der Höhe und hatte auf der Dachplattform einen kleinen Tempel.

„Lass es mich erklären", begann er von vorne, „Die im Zeichen des Kan Geborenen haben bestimmte Eigenschaften. Ähnlich etwa derer, die ihr mit eurer Astrologie verbindet. Im Zeichen des Kan Geborene säen aus.

In deiner Sprache kann der Name Kan mit ‚gelber Same' übersetzt werden. Du bist sozusagen ein Gärtner, der im Garten der Menschen Ideen und Weisheiten sät, jemand, der den fruchtbaren Boden bestellt und neue Möglichkeiten eröffnet. Kan ist die bestimmende Kraft des Wachstums, das erschaffende Prinzip."

„Das klingt ja gut", sagte ich und bemerkte das in mir aufsteigende Gefühl, ein Kribbeln, das von den Füßen über die Beine meinen Rücken hinauf zog. Eine Gänsehaut folgte dem Kribbeln.

„Ja", sagte Itzamná langsam, „aber jede Qualität kann sich sowohl als Lichtweisheit wie auch als Schattenweisheit zeigen. Die andere Seite dieser Qualität führt zu Gefühlen der Unsicherheit. Dann begrenzt du dich in deinen Möglichkeiten. Du bevorzugst die scheinbare Sicherheit gegenüber dem Erwachen und hast einschränkende Vorstellungen von dir selbst."

„Oh", stellte ich ernüchternd fest. Diese Eigenschaften zählten zu meinen Favoriten, ganz besonders die Sicherheit. Deshalb wählte ich meinen Beruf als Beamter aus, der aber nicht meine Berufung war. Unsicher fühlte ich mich auch bei allen Entscheidungen die ich traf. Deshalb zog ich es vor, mich nicht zu entscheiden, sondern lieber andere für mich entscheiden zu lassen. Um mich danach darüber zu ärgern, denn ich hätte viel lieber ein anderes Ergebnis gehabt.

„Genau so sieht es aus!" sagte Itzamná mir direkt ins Gesicht. „Ich kann deine Gedanken lesen. Du bist wie ein offenes Buch!"

Er merkte, dass ich zusammen zuckte.

„Das ist aber vollkommen in Ordnung. Das bedeutet, dass du zu deinen Gefühlen stehst und dir keine Maske aufsetzt. Du bist authentisch."

Er kannte mich sehr genau. Erschreckend!

„Lass uns in den Tempel dort oben gehen", sagte Itzamná und zeigte nach oben. Wir standen auf und kletterten die Stufen hoch. Es war sehr warm und die Sonne schien hell. Oben angekommen gingen wir in den kleinen Tempel. Itzamná deutete auf einen kleinen Steinquader, auf den ich mich setzen sollte.

Als ich saß, begann er am Altar leise vor sich hinzusummen um in einen Sprechgesang überzugehen. Ich schloss meine Augen und folgte seiner Stimme.

In mir formten sich Bilder, die wie aus einem gelben Tuch zu kommen schienen. Zuerst entwickelte sich eine Sonnenblume, die sich zu einem Löwenzahn umformte um dann in ein safrangelbes Licht über zu gehen.

„Ich gebe dir eine Affirmation, die du jetzt sprechen sollst", bestimmte er.

„Sprich mir nach: Ich Bin das Bodhi-Mandala, die hervorbrechende, keimende Möglichkeit.

Spreche jetzt diese Affirmation!" befahl er und wurde still.

Ich sprach sie nach und hielt das safrangelbe Licht aufrecht. Nach einer langen Zeit sagte Itzamná: „Lucas, nach deinem dritten Atemzug kehrst du wieder in diesen Tempel zurück und öffnest die Augen."

So tat ich es. Frisch und hellwach war ich mir wieder des kleinen Tempels bewusst, in dem wir uns befanden und sah zu meinem Lehrer.

„Diese Affirmation sprichst du ab jetzt jeden Tag drei Mal. Je ein Mal morgens, mittags und abends. Du beginnst morgen damit!"

„Gut", sagte ich und versuchte mir die Worte der Meditation zu merken.

„Und nun bekommst Du noch eine weitere Affirmation, die du nur Morgen vierunddreißig Mal über den Tag verteilt sprechen sollst.

Sprich mir nach: Ich Bin der fruchtbare Boden und die von selbst aufgehende Saat von Möglichkeiten."

Ich sagte es so lange, bis ich es fließend konnte. Vierunddreißig Mal. Ich rechnete aus, wie oft in der Stunde ich es sagen sollte. Wenn ich sechzehn Stunden wach wäre, so blieben pro Stunde zwei Komma eins Mal. Vielleicht sollte ich siebzehn Stunden wach bleiben, denn dann wäre es genau zwei Mal pro Stunde. Das war einfacher und so beschloss ich, jede halbe Stunde diese Affirmation zu sprechen.

Er zeigte mir noch ein Mudra, das ich zu jeder Affirmation machen sollte. Beschreiben würde ich sie wie folgt: Die Hände sind zu einer Schale geformt und werden vor dem Solar Plexus gehalten. Dann werden die Hände geöffnet, so als ob man Saatgut auf dem Boden ausbringt.

Ich war jetzt gerüstet für den nächsten Schritt. Zumindest dachte ich es, denn nachdem ich das Mudra geübt hatte, war Itzamná verschwunden. Er war wie vom Erdboden verschluckt und ich war alleine hier oben in dem kleinen Tempel.

Etwas hilflos sah ich mich um, konnte aber nichts mehr von ihm entdecken. Selbst die Spuren, die er auf dem Tempelboden hinterlassen hatte, waren verschwunden. Mir wurde wieder bewusst, dass es keine normale Reise war, sondern eine ganz besondere Lehrreise.

In einer Ecke fand ich ein kleines sehr schmutziges Heft, das schon sehr lange dort gelegen haben musste. Bei den vielen Touristen die hier normalerweise umherliefen, war es schon ein Wunder, dass es noch dort lag!

Ich blätterte darin herum und fand eine Stelle, wo der Name Itzamná erklärt wurde:

„Itzamná war der Gründer der Maya-Kultur und trug den Titel ‚Herr des Wissens'.

Er brachte seinem Volke den Kakao und den Mais und lehrte sie das Schreiben. Auch die Heilkunde brachte er ihnen bei."

„Ein Heiler!" rief ich.

Dann las ich weiter: „Er brachte dem Volke auch den Kalender."

Der Maya-Kalender endet im Jahr 2012. Viele Gerüchte über das, was dann geschehen würde, waren im Umlauf. Die gesamte Bandbreite ging von Untergangsszenarien bis hin zur Vision, endlich wieder im Garten Eden leben zu können.

Oder sollte nur ein neuer Kalender geschrieben werden?

„Er war der Sohn von Hunabku. Zusammen mit seiner Frau Ixchel war er der Vater der Bacabs."

Hunabku kannte ich. Er war der Hochgott und Schöpfer des Kosmos in der Maya-Mytologie. Aber wer war Ixchel? Vielleicht stand etwas in dem Heft! Ich blätterte weiter und fand etwas über sie: „Ixchel war die Erd- und Mondgöttin der Maya und die Schutzherrin über das Wasser, den Regenbogen und über die Schwangeren. Sie lehrte dem Volk die Webkunst."

So langsam lernte ich das Familienleben Itzamnás kennen. Nun brauchte ich nur noch seine Kinder, die Bacabs.

Weiter hinten im Heft stand etwas über die Bacabs. Es waren Gottheiten, die den Himmelsrichtungen zugeordnet waren: „Chac war rot und dem Osten zugeordnet, Sac war weiß und dem Norden zugeordnet, Ek war schwarz und dem Westen zugeordnet und Kan war gelb und dem Süden zugeordnet."

„Kan war gelb und dem Süden zugeordnet", sagte ich leise vor mich hin um es mir auf der Zunge zergehen zu lassen.

„Affirmationen!" stieß es aus mir heraus. Es war Zeit für meine Affirmation.

„Ich Bin der fruchtbare Boden und die von selbst aufgehende Saat von Möglichkeiten", sagte ich langsam und machte dazu das Mudra.

Nach einer Weile sagte ich: „Kan. In dem Zeichen wurde ich geboren, so sagte Itzamná. Dann war ich also im Zeichen eines der Söhne oder Töchter von Itzamná geboren!"

„Kan", sagte ich wieder leise und wiederholte es in längeren Abständen.

Ich hatte gelesen, dass in dem großen Tempel auch eine Grabkammer war. So beschloss ich, hinunter zu gehen um sie zu besichtigen.

Gesagt, getan. Ich kletterte die Stufen hinab. Im unteren Teil waren die Stufen feucht und rutschig. Ich hielt mich so gut es ging an den Wänden fest. Vorsichtig stolperte ich so die restlichen Stufen nach unten.

In der kleinen Kammer angekommen, setzte ich mich auf den Sarkophag. So konnte ich mir die Kammer genau ansehen. Wie auch in der Goldkammer war hier ein seltsames Licht, das aus dem Nichts zu kommen schien. Es waren keine Lampen oder Fackeln zu sehen!

Hier fühlte ich mich geerdet. Nach den vielen geistigen Höhenflügen tat es ganz gut, wieder den Boden unter den Füßen zu spüren. Ich ließ mir die Worte der Affirmation noch einmal auf der Zunge zergehen und formte dabei das Mudra. Hier unten schien es eine andere Wirkung zu haben, als oben in dem kleinen Tempel. Hier kamen Ängste hoch, die ich doch so gerne zu Hause gelassen hätte! Aber sie kamen ohne Erbarmen hoch.

Mein Atem wurde schneller und ich dachte an den Sarkophag, auf dem ich saß. Und ich war alleine hier unten! So langsam entwickelten sich in mir Schauergeschichten, die ich nicht so leicht abstellen konnte!

„Wäre ich bloß nicht hier her gekommen!" sagte ich mit zittriger Stimme und blickte mit ängstlichem Ausdruck zur Treppe. Gerne würde ich sie hoch rennen, aber irgendetwas hielt mich zurück.

War das auch ein Teil meiner Lernaufgabe, mit meinen Ängsten umzugehen?

Es schien so, denn als sie fast unerträglich wurden und ich keinen klaren Gedanken mehr fassen konnte, kam ein warmer Luftzug, der die Angst hinwegfegte!

Aber ein mulmiges Gefühl blieb. Immerhin konnte ich doch ruhiger in die Richtung schauen, aus der der Luftzug kam.

„Itzamná", rief ich, als ich ihn in der einen Ecke stehen sah.

„Ja, du bist mit dem nächsten deiner Schritte in Berührung gekommen. Das ist ein Teil der Schattenseiten, die Kan mit sich bringt! Und nun erkläre ich dir, wie du damit umgehen kannst!"

Nach einer Pause, die mir sehr lange vorkam, sagte er: „Wenn du spürst, dass Ängste in dir aufsteigen wollen, dann sehe sie dir an. Laufe nicht davor weg, denn dann werden sie stärker. Schaue sie dir an, solange sie noch klein sind. Begrüße sie und lade sie ein und in diesem Moment werden sie sich auflösen! Sie haben keine Kraft mehr. Übe es und probiere es aus!"

„Ich soll mir meine Ängste anschauen und sie sogar noch einladen?" fragte ich verwundert.

„Ja, genau. Schaue sie dir an, sehe ihnen ins Gesicht. Dann verlieren sie ihren Schrecken und sie lösen sich auf. Es kommt darauf an, dass du dich nicht von deinen Ängsten lähmen lässt."

Schaue dir deine Ängste an,
sehe ihnen ins Gesicht und nehme sie an.
Dann lösen sie sich auf.
Das nennt man Mut.

Itzamná ging langsam die Treppe hinauf. Ich folgte ihm. Oben angekommen verabschiedeten wir uns herzlich.

Auch hier musste ich einmal kurz blinzeln und war danach wieder in der Kammer.

In der Kammer

Er setzte sich auf den Boden, denn er wollte nicht wieder auf einem heißen Stuhl Platz nehmen.

Er schaute sich den Stuhl an, der das Zeichen des Kan repräsentierte. Die Rückenlehne war in der gleichen Farbe, wie die anderen beiden Stühle.

Er ließ sich dieses Wort auf der Zunge zergehen: „Kan". „Wenn in mir Ängste aufsteigen, dann soll ich sie mir ansehen, hatte Itzamná gesagt."

In seinem Leben hatte er oft Angst, wusste aber nicht warum. Eine Heilerin erzählte ihm, er habe die letzten Inkarnationen nicht auf natürlichem Wege verlassen.

Ihm fiel die Sitzung bei einer Heilerin ein, die ihm sagte, er habe seine letzten dreißig bis vierzig oder noch mehr Inkarnationen nicht auf natürlichem Wege beendet. Ihm wurde klar, dass die Ängste damit zusammen hingen. Dieses alte Band war durchtrennt! Er war frei!

Er saß auf dem Boden und freute sich des Lebens. Mit diesem Gefühl sah er sich die Kammer an, die dadurch in einem neuen Glanz erstrahlte und viel vertrauter aussah. Er nahm einen Schatten im Augenwinkel wahr, beachtete ihn nicht und vergaß ihn auch gleich wieder.

Sein bisheriges Leben ließ er vor seinem inneren Auge ablaufen und er wusste, dass seine bisherigen Entscheidungen und Aktionen mit seinen alten Erfahrungen nicht anders ablaufen konnten.

Er rieb sich die Hände, stand auf und war bereit für die nächste Reise. Er nahm sich vor, viele Fragen zu stellen, denn auf den bisherigen Reisen war er quasi nur passiver Empfänger. Aber das wollte er jetzt ändern! Er wollte aktiver an dem Geschehen teilnehmen!

Aber vor der neuen Reise wollte er sich noch in der Kammer umsehen. Vielleicht gab es in den Büchern oder Bildern noch Informationen für ihn? So ging er zum Bücherregal, aber kein Buch sprach ihn an. Genau so war es mit den Bildern.

„Na ja", sagte er und wollte zu dem Stuhl mit dem Symbol Kan gehen, als er stolperte und sich am Altar abstützen wollte.

Die größte Offenbarung ist die Stille.

Laotse

~*~

Die Würde des Schweigens

Das Essen schmeckte köstlich. Es war von Allem da. Sehr frische und reife Früchte, leckeres Gemüse, das herrlich duftende, frische Brot, das noch warm war und dazu gab es viele wohlschmeckende Säfte und Tees.

In dieser Runde mit den Mönchen fühlte ich mich sehr wohl. Ich aß langsam und kostete jeden Bissen aus. So intensiv hatte ich den Geschmack von Nahrung und Getränken noch nie erlebt.

Ich blickte in die Runde und zählte die Mönche. Norgye blickte mich an und schüttelte ganz leicht mit dem Kopf. Sollte ich nicht zählen?

Ich konzentrierte mich wieder auf das Essen. Norgye lächelte zufrieden. Es wurde kein Wort gesprochen. Und wahrscheinlich auch nicht gedacht, denn Norgye schien meine Gedanken zu hören! So bemühte ich mich, nicht zu denken.

Der Tee, ich weiß nicht welche Sorte es war, entfaltete sein ganzes Aroma in meinem Mund und er breitete sich weiter aus über die Nase und durchflutete meinen ganzen Kopf. Ein blumiges, fruchtiges Aroma mit einer Note Kreuzkümmel.

Genieße die Speisen in Stille
und du wirst sie viel tiefer erfahren.

Wir saßen dort eine lange Zeit. Das Essen wurde sehr sorgsam zelebriert. Fleisch oder Fisch gab es nicht, nur vegetarische Kost. Selbst Eier und Milch waren nicht auf dem Tisch.

Ganz plötzlich, wie aus heiterem Himmel, hörten alle auf zu essen und beteten. Es war so, als ob ein Gong geschlagen wurde, der aber nicht zu hören war.

Leise, fast ohne einen Laut standen sie auf und verließen den Raum. Norgye deutete mir, nicht zu sprechen und ihm zu folgen. Ich lief hinter ihm her, wie es ein kleiner Schoßhund machen würde. Ohne zu wissen, was als nächstes auf mich wartete, folgte ich seiner Einladung, in einen bestimmten Raum zu gehen. Er blieb draußen und schloss die Tür.

In dem Raum waren eine Schüssel mit Wasser und ein Handtuch. Ich nahm die Einladung an und wusch mich. Nach kurzer Zeit öffnete er die Tür und ich sollte ihm folgen.

Viele Stufen hatte die Treppe, die nach oben führte. Als ich begann, sie innerlich zu zählen, deutete Norgye an, ich solle ruhig sein. Gedanken waren nicht erlaubt! So konzentrierte ich mich auf das Treppensteigen. Jeden einzelnen Schritt ging ich mit Bedacht. Nach einiger Zeit genoss ich es fast, die Treppenstufen zu erklimmen.

Es ging immer höher hinauf. Ab und zu kamen wir an Fenster vorbei, durch die ich ein wenig von der Umgebung sehen konnte. Es schien eine Waldgegend mit einem See zu sein. Schnee lag auf den Baumwipfeln. Es war warm, aber die Wärme passte nicht zu dem Schnee.

Oben angekommen nahmen wir auf einer Bank Platz, die auf der Terrasse stand. Von hier aus konnte man den Sonnenuntergang beobachten. Norgye legte seine Hände vor dem Herzen zusammen und schloss seine Augen. Ich tat es ihm nach, blinzelte allerdings ein paar Mal, weil ich den Sonnenuntergang nicht verpassen wollte.

„Genieße ihn mit geschlossenen Augen", hörte ich meine Gedanken.

Hatte er etwas zu mir „gedacht", dass ich es hören konnte oder waren es meine eigenen Gedanken?

„Genieße ihn mit geschlossenen Augen", hörte ich wieder.

Ich dachte nicht mehr, sondern blieb bei mir und blinzelte auch nicht mehr.

So saßen wir lange dort, bis die Sonne untergegangen war. Auf der einen Seite war ich etwas enttäuscht, dass ich nichts von dem schönen Sonnenuntergang gesehen hatte, aber andrerseits erfreute es mich sehr, dass ich den wunderschönen Sonnenuntergang fühlen konnte. Er war so schön, bunt und voller herzlicher Wärme, die ich sonst nicht wahrgenommen hätte.

Einen Sonnenuntergang zu fühlen,
anstatt ihn zu sehen,
ist ein ganz besonderes Erlebnis.

Einen Sonnenuntergang zu fühlen, anstatt ihn zu sehen, war ein ganz besonderes Erlebnis. Und das wurde mir erst im Laufe der Zeit klar, weil mich die Gefühle erst langsam durchdringen konnten. Je intensiver ich mich konzentrierte und mich gleichzeitig fallen ließ, desto intensiver sah ich die prächtigen Farben des Sonnenunterganges.

Eine sehr tiefe Freude kam in mir hoch, die sich über meinen gesamten Körper ausbreitete.

Der Tag neigte sich dem Ende zu und Norgye brachte mich auf mein Zimmer. In dieser Nacht schlief ich ruhig und fest. Träume hatte ich keine.

Früh am nächsten Morgen wachte ich auf und wusch mich. Als ich fertig war, öffnete Norgye leise meine Tür. Zusammen gingen wir zum Morgengebet. Auch dieses Gebet fand in völliger Stille statt. Ich machte es den anderen nach und wurde von ihnen mitgenommen. Ich fühlte die Dankbarkeit, die aus den Herzen der Mönche kam. Ich fühlte die Freude in mir, die sich in Regenbogenfarben ausdrückte.

So verlief auch dieser Tag in vollkommenem Schweigen. Egal was gemacht wurde, es wurde geschwiegen. Alle Gruppenarbeiten funktionierten, als ob sie abgesprochen wären oder schon tausend Mal gemacht worden wären.

Im Laufe der Tage gelangte ich immer mehr in den Rhythmus der Mönche und brauchte nicht mehr zu schielen, was gemacht wurde. Ich fühlte es einfach. Obwohl ich die Augen beim Essen oft geschlossen hatte, wusste ich immer genau, wo welche Speisen standen und wann das Gebet begann. Ich wurde immer sicherer in meiner Intuition und war in ihrem Fluss: Sie nahm mich mit!

Auch hörte ich auf, die Tage zu zählen, die ich hier war. Es wurde immer unwichtiger. Es wurde immer unwichtiger, wann ich zur Kammer zurückkehrte. Für mich war das Hier und Jetzt das Wichtigste.

Ein paar Tage später musste ich nach dem Frühstück kurz blinzeln und befand mich wieder in der Kammer vor dem Altar.

In der Kammer

Sein Plan, mehr zu fragen und sich aktiver zu beteiligen hatte hier nicht funktioniert. Er war wieder in der passiven Rolle und ließ sich anleiten. Bei dieser Reise fand alles in der Stille statt.

Hier erfuhr Lucas die ganz besondere Erfahrung der Stille. Die Stille war für ihn ein unendlicher Raum. Er hatte erfahren, dass die Gedanken seinen ureigenen Raum beschränken konnten. Je stiller er wurde, desto weiter wurde sein innerer Raum, desto weiter fühlte er sich.

Er lernte aber auch, dass die Gedanken sehr wertvoll waren und zum Leben dazu gehörten.

Er lernte die Gedankenhygiene auf eine ganz besondere Art und Weise und wendete sein neues Wissen gleich hier in der Kammer an. Der nächste Schritt wurde nicht mehr überlegt, er würde ihn beobachten. Er nahm sich nicht mehr vor, auf der nächsten Reise etwas Bestimmtes machen zu wollen. Er wollte sich auf die Reisen einlassen.

Er nahm wahr, dass ein weiterer Stuhl seine Farbe geändert hatte. Er sah das Symbol auf dem Stuhl. Es war in der typischen tibetanischen Kalligraphie gezeichnet: Ein Kreis, der nicht komplett geschlossen war und als no-mind bzw. zero-mind bezeichnet wurde und ‚keine Gedanken' bedeutete.

Lucas sah sich den Altar an, nahm das Symbol wahr und war völlig ohne Gedanken. Er schien viel mehr mit sich in Berührung gekommen zu sein, als vorher. Das Bild des Altars wurde zu einem multidimensionalen Bild, das wesentlich mehr beinhaltete als nur das

Visuelle. Der Altar barg in sich Gefühle, Emotionen, Erlebnisse und vieles mehr und er schien sogar eine Geschichte abgespeichert zu haben. War es seine Geschichte?

Diese Erkenntnis erfüllte Lucas so sehr mit Freude, dass er sich auf den nächsten Stuhl setzte. Die Symbole auf dem Altar waren ohne erkennbare Struktur angeordnet. Er ließ das Bild auf sich wirken und es löste eine tiefe Befriedigung in ihm aus.

Nach einer sehr langen Zeit beugte er sich vor, um besser auf den Altar blicken zu können. Er hatte das Gefühl, dass sich dort etwas bewegt hätte. War es eine Spiegelung oder ein Schatten? Es schien aber eine Täuschung gewesen zu sein. Trotzdem versuchte er, mit seiner rechten Hand zu fühlen, ob es eine Bewegung gegeben haben könnte. Als er aber den Altar berührte, war er in einer anderen Welt.

~*~

Es gibt keinen Weg zum Frieden,
denn Frieden ist der Weg.

Mahatma Gandhi

~*~

Machu Picchu

Ich ließ mich mit der Hektik der Großstadt Lima mitziehen. Ich spürte den Stress und ein Gefühl des Getrenntseins. Niemand hielt auch nur für einen Moment inne. Es schienen alle Menschen einfach nur in ihren Gedanken zu sein. Sie fühlten sich getrennt von der Mutter Erde, von dem Vater Himmel - und von dem Leben, ihrem Leben. Sie mussten funktionieren. Aber wo waren sie eigentlich?

Meine Reise sollte aber weiter gehen. Ich wollte und sollte zum Machu Picchu reisen. Ungewöhnlich an dieser Reise war nur, dass ich bei den bisherigen Reisen immer gleich am Ziel angekommen war. Nur hier war ich zuerst in Lima. Aber vielleicht war es auch Absicht, dass ich erst die Erfahrung des Getrenntseins machen sollte!

Ich besorgte mir ein Flug-Ticket nach Cusco. So durfte ich alle Stationen der Reise mitmachen, die Fahrt zum Flughafen, das Einchecken, den Flug und das Landen. Auch war das Zeitgefühl das Gleiche, wie bei einer richtigen Reise und auch der Höhenunterschied von dreitausendvierhundert Metern war gut spürbar. War das jetzt eine richtige Reise?

In Cusco konnte ich vieles von meiner früheren Reise wieder erkennen. Ich sah auch den Platz vor der Kirche, an dem ich Cusco so wunderbar überblicken konnte. Ich hatte mir den Platz gemerkt, weil ich dort meinen Schal aus Alpakawolle gekauft hatte.

Die Reise zum Machu Picchu dauerte fast vier Stunden. Der Zug fuhr langsam und die Fahrt eröffnete den Blick auf die interessante Landschaft. In der Reihe vor mir saß ein Schamane, der sich Puma nannte. Er unterhielt sich mit drei Mitreisenden. Ich fand das Gespräch interessant und als er mich bemerkte, winkte er mich dazu. Ich nahm neben ihm Platz und er gab mir viele Tipps für meine Reise.

Zum Schluss sagte er noch, dass ich am letzten Tag auf dem Putucussi meditieren solle. Wir verabschiedeten uns sehr herzlich.

Die nächsten Tage sollte ich hier bleiben. Es war eine ruhige kleine Stadt, die normalerweise von Touristen nur so wimmelte. Aber bei meiner Reise war es anders. Es waren nur wenige Touristen in diesem Ort.

Der Machu Picchu zog mich immer mehr in seinen Bann. Das Gefühl, von ihm angezogen zu werden wurde immer intensiver. Ich musste sofort hinauf zu ihm! Als ich oben war, verging die Zeit wie im Fluge -

allerdings rückwärts! Am Eingang angekommen, war ich in einer anderen Epoche, in der Vergangenheit!

Ich sah Menschen in Gewändern, die ich nur aus historischen Filmen kannte. Einer der Männer kam auf mich zu.

„Guten Morgen, mein Name ist Chilam Balam und der Name bedeutet Prophet Jaguar", begrüßte er mich.

„Guten Morgen. Mein Name ist Lucas", erwiderte ich seinen Gruß, „wenn ich mich recht erinnere, bedeutet mein Name, wenn man ihn aus dem Griechischen herleitet: Ins Licht geboren."

„Herzlich willkommen. Wir haben dich schon erwartet und das Fest vorbereitet."

„Was für ein Fest?" fragte ich neugierig.

„Das Fest zu Ehren deiner Ausbildung."

„Ich verstehe kein Wort!"

„Du bist in Ägypten in die Cheops Pyramide gegangen, um dich ausbilden zu lassen."

„Ich hatte nie die Absicht, mich ausbilden zu lassen", wandte ich ein.

„Doch. Das war deine Absicht. Du hast es nur vergessen."

„Ich habe aber nicht mit der Absicht die Zeitschrift genommen, um in das Bild einzutauchen", wandte ich ein mit einem leicht vorwurfsvollen Ton.

„Doch, das hattest du mit Absicht getan."

„Das verstehe ich nicht."

„Komm mit mir und ich werde es dir erklären", sagte Chilam Balam und ging voraus. Ich folgte ihm zu einer kleinen Hütte. Wir setzten uns und er bot mir einen Tee an. Gemeinsam tranken wir den Tee und er begann zu erklären.

„Bevor wir geboren werden, sind manchmal Aufgaben zu erfüllen oder wir beschließen, Lernerfahrungen zu machen. Davon wissen wir nichts mehr, wenn wir geboren werden. Wie Jesus damals sagte, trinken wir den Trank des Vergessens. So erging es dir auch.

Deine Absicht war, dich ausbilden zu lassen. Aber vorher wolltest du noch Erfahrungen des Getrenntseins erleben. Das wäre natürlich nicht möglich gewesen, wenn du dein komplettes Wissen in dein jetziges Leben mitgenommen hättest."

„Aber, wenn du mir das jetzt erzählst, dann weiß ich das. Kann ich dann mein Leben genau so weiterleben wie bisher?" warf ich ein.

„Ich erzähle dir das, weil es zu deiner Ausbildung gehört", er machte eine kleine Pause, „Du wirst dein Leben nicht mehr so leben können, wie bisher. Dein Leben wird sich sehr verändern."

„Und wenn ich das gar nicht will?"

„Die Entscheidung dazu hattest du schon gefällt. Es ist dein jetziger Weg. Aber du kannst ihn jederzeit beenden. Es ist dein freier Wille."

„Das möchte ich aber auch nicht. Dazu bin ich jetzt zu neugierig geworden, was ich noch alles erfahren darf."

„Das ist der Lucas, den ich kenne! Herzlich willkommen!"

Wir lächelten und tranken Tee.

„Aber warum muss ich eine Ausbildung machen, wenn das gesamte Wissen sowieso in mir vorhanden war, bevor ich inkarnierte?"

„Das Wissen hattest du schon, aber nicht die Erfahrung, wie es sein würde, mit dem Aspekt des Getrenntseins zu lernen. Das ergibt ein viel tieferes Verständnis vom Leben. Vielleicht entscheidest du dich mit dem Fortschreiten deines Wissens, es weiter zu geben. Jetzt ist erst einmal deine Ausbildung an der Reihe."

Ich ließ mich darauf ein – hatte ich es anscheinend vor meiner Geburt so gewollt.

Als wir den Tee ausgetrunken hatten, bat mich Chilam Balam ihm zu folgen. Wir gingen durch die Anlage zum Tempel der Sonne. Er hatte eine halbkreisförmige Mauer, die man auch zu meiner Zeit noch sehen konnte. Allerdings war der Tempel hier vollständig und schön eingerichtet.

Es waren drei Plätze im Tempel vorbereitet. Er bat mich, den mittleren Platz einzunehmen. Kurze Zeit später kam eine Frau hinein, die sich an meine rechte Seite setzte und Chilam Balam setzte sich an meine linke Seite.

Wir fassten uns an den Händen und begannen zu summen. Ich schloss meine Augen, wie ich es bei den Mönchen gelernt hatte und spürte, wie ich immer mehr getragen wurde. Ich schien zu schweben.

Nach einer Weile beendeten wir das Summen und begaben uns schweigend zum Platz des Kondors. Hier waren alle still. Nicht einmal Gedanken mochten die Stille unterbrechen.

In der Ferne hörte ich ein Geräusch. Es war ein sehr tiefer Ton, der immer näher kam. Jetzt schien er auch nicht mehr gleichmäßig zu sein, sondern hörte sich fast an, wie der Flügelschlag eines sehr großen Vogels.

Vorsichtig drehte ich mich um und erschrak. Es kam ein riesiger Kondor auf uns zu. Chilam Balam berührte mich am Arm und in dem Moment wurde ich ruhig. Alles hatte seine Richtigkeit!

Der Kondor landete vor uns und blickte uns sehr tief in die Augen. Er zog mich in seinen Bann und ich konnte seine Seele sehen. Sie leuchtete in unterschiedlichen Pastellfarben, voller Liebe und Vertrauen, voller Hingabe und großer Weisheit. Er nahm Kontakt zu mir auf.

„Die Geschichten in den Geschichtsbüchern werden von den Siegern geschrieben. Nichts, was du über das Leben liest, ist die Wahrheit. Alles, was du über das Leben liest ist wahr. Denn Wahrheiten gibt es viele. Glaube nichts und glaube alles. Stelle alles auf die Probe aber verfalle nicht in den Glauben, dass alles falsch sein könnte. Denn nichts ist falsch, genau so wenig, wie alles richtig ist.

Die Geschichten in den Geschichtsbüchern
werden von den Siegern geschrieben.

Alles stellt verschiedene Möglichkeiten der Wahrheit dar. Es kommt immer darauf an, was du glaubst. Es kommt darauf an, was du als deine Wahrheit annimmst.

So wird sich auch deine Wahrheit darstellen und sich in deinem Leben und in deine Erfahrungen zeigen. Du kannst jeder Zeit neue Erfahrungen machen und auch jeder Zeit deine Wahrheiten neu überprüfen.

Nichts ist beständig in deiner Welt. Das, was gestern als Wahrheit galt, kann morgen schon völlig anders aussehen. Sei offen für alles, was dir begegnet und dein Leben wird erfüllt sein.

Lasse deinen alten Trott los und begebe dich auf den neuen Weg des fließenden Lebens und lerne aus deinen Erfahrungen."

Der Kondor schloss kurz seine Augen, bevor er wieder fort flog.

Ich atmete tief durch. „Was soll ich glauben – Alles oder Nichts oder auch alles, was dazwischen liegt?" fragte ich.

Chilam Balam zeigte mir in einer weiteren Meditation Bilder von seinem Volk. Ich sah ein friedliebendes Volk, das im Einklang mit der Erde und dem Universum lebte.

Als die Spanier in ihr Land einfielen, wehrte sich sein Volk. Und als Folge daraus wurden sie als ein kriegerisches Volk dargestellt. Wie das so oft gemacht wurde! Aber er zeigte mir auch die Zukunft, eine Zeit, in der es keine Geheimnisse mehr geben würde. Alles, was verdeckt war, wurde ins Licht gehoben. Alle konnten es sehen. Alle Wahrheiten kamen ans Licht.

Dann zeigte er mir Bilder aus meiner Zukunft, in der es Frieden auf Erden gab. Aber er zeigte mir auch den Weg dorthin: Ich müsste zu aller erst den Frieden in mir selber finden.

Wenn jeder Mensch seinen Frieden im Inneren gefunden hätte, dann würde es auch automatisch Frieden im Äußeren geben.

Finde deinen Frieden im Inneren,
finde deinen Frieden mit dir selber,
dann ist auch Frieden im Außen.

„Finde deinen Frieden im Inneren. Finde deinen Frieden mit dir selber und mit allen Erfahrungen, die du in deinen Leben gemacht hast. Schließe diesen Frieden. Du hast die Kraft und die Werkzeuge dazu bekommen. Zu jeder Zeit wirst du alle Unterstützung bekommen, die du benötigst. Du brauchst nur um sie zu bitten, genau so, wie jeder Mensch um sie bitten kann.

Du bist der goldene vollkommene Same
der die Felder befruchtet,
um die Frucht des Friedens hervorzubringen
und zu vermehren.

Dies ist deine Lebensaufgabe. Und du kannst dich jetzt bewusst entscheiden, sie anzunehmen und umzusetzen", sagte Chilam Balam, stand auf und verließ mit der Frau den Platz des Kondors. Ich saß alleine dort und spürte, wie ich immer mehr in das Unbewusste und Verdrängte in mir eintauchen konnte. Ich kam immer tiefer in die Bereiche hinein, die ich so erfolgreich gedeckelt hatte.

Manches machte mir Angst, manches machte mir Freude. Manches hatte ich mir schon angesehen und anderes war für mich neu. Aber immer wieder fand ich den Frieden in mir und mit mir zusammen.

Je mehr ich mit meinen Erlebnissen im Einklang war, indem ich ihre tiefe Bedeutung für mich verstand, desto mehr, desto tiefer war ich mit mir, mit meiner Seele verbunden. Der Frieden erfüllte mich mehr und mehr. Ich konnte mit allen Menschen mitfühlen, die mir begegneten, sie als Teil von mir fühlen, so als ob wir ein Bewusstsein wären.

Ich saß noch eine lange Zeit auf meinem Platz und fühlte mich immer leichter und fröhlicher. Ich wusste, dass mir diese Fröhlichkeit fortan helfen würde, mein Leben leichter und spielerischer zu leben.

Ich fühlte mich wie ein Kind, das das Leben neu entdeckt und stand auf und spazierte locker weiter. Der Machu Picchu war ein Platz voller Inspirationen und Liebe. Ich genoss jeden einzelnen Schritt und bewunderte die Bauwerke, die zu meiner Zeit doch sehr verändert aussahen. Hatten vielleicht einige Zeitgenossen die Restaurierungen nicht so genau genommen? Und wie war das mit den Interpretationen der Bauwerke?

Dann zeigte sich mir der Blick auf den Putucussi. Es hatte leicht geregnet und ein wunderschöner Regenbogen legte sich schützend über den Berg. Dort wollte ich unbedingt hin!

Ich ging von dem Machu Picchu hinunter zum Urubambatal. Der kleine Fluss stieg zur Regenzeit ab und zu über seine Ufer. Das war jetzt nicht der Fall und der Fluss führte sehr wenig Wasser. Eine Brücke gab es nicht und ich konnte den Fluss zu Fuß überqueren.

Am anderen Ufer angekommen suchte ich den Aufstieg zum Putucussi. Ich hatte erfahren, dass er doch etwas schwieriger sein sollte. Nach kurzer Zeit fand ich ihn und ging den Weg hinauf. Eine kleine Leiter erleichterte mir den Aufstieg, gefolgt von einer etwas längeren Leiter und einer sehr langen Leiter mit über einhundert Stufen.

Das war schon eine Herausforderung für mich, da ich doch so gerne Leitern aus dem Wege ging. Aber, dem inneren Gefühl folgend, stieg ich nach oben.

Die Aussicht war wundervoll. Ein grandioser Blick auf den Machu Picchu!

„Was ist das?" fragte ich überrascht. Der Machu Picchu sah aus, wie zu meiner Zeit und nicht zu der Zeit, die ich dort gerade noch erlebte!

„Die Zeit!" bemerkte ich, als mir der Zeitsprung von vorhin wieder einfiel.

Ich setzte mich auf einen kleinen Felsen und blickte zur heiligen Stadt. Sie berührte mich so tief, dass ich für immer hier sitzen bleiben wollte. Einfach toll! Unbeschreiblich schön!

‚Hier sollst du eine Meditation machen', erinnerte ich mich an die Worte des Schamanen Puma. So tat ich es auch. Ich schloss meine Augen und war sofort in unendlich vielen Bildern unterwegs. Sie schienen mir ein Leben in der heiligen Stadt zu zeigen. War es mein Leben?

Etwas juckte an meiner Nase und ich musste kurz blinzeln und war wieder in der Kammer.

In der Kammer

Mit offenen Augen saß er auf dem Boden, auf der gleichen Stelle, an der er vorhin auch saß. Das Leben in der heiligen Stadt schien ihn tief berührt zu haben. War er wirklich schon in der heiligen Stadt, in der Kristallstadt gewesen und hatte dort gelebt?

Sie kam ihm nicht fremd vor. Er erkannte einiges wieder. Aber woher sollte er es wieder erkennen? Von Bildern, die er im Internet oder in Büchern sah? Aber dann waren sie nicht so belebt, wie er sie jetzt empfunden hatte.

Er musste erst einmal tief durchatmen. Die Berührung war tiefer als bei den bisherigen Reisen. Vielleicht lag es daran, dass er auf den vorhergehenden Reisen immer mehr seine inneren Türen geöffnet hatte.

Als er diese Erfahrungen aufschrieb, war seine Schrift zittriger, schlechter lesbar. Aber das störte ihn nicht.

Lange saß er auf dem Boden.

Dann stand er auf, um den Altar zu umkreisen und jeden Stuhl zu berühren. Fünf waren bereits verändert, sieben noch nicht. Er sah sich jeden der Stühle genau an. Aber sie behielten ihre Geheimnisse für sich.

Ein Bild zog ihn an, es war von der heiligen Stadt. Vorher hatte er es nicht bemerkt oder war dort vorher ein anderes Motiv?

Er ging hin, betrachtete es von der Nähe und fuhr leicht mit dem linken Zeigefinger über die Oberfläche. Sie fühlte sich weder eben noch uneben an, so leicht, als ob das Bild durch die Luft getragen würde. War es ein Hologramm? Es schien ihm, als würde er ein Gesicht in diesem Bild sehen, ein sehr liebevolles Gesicht. Vielleicht war es von einer Frau oder einem sehr jungen Menschen. Als er es näher betrachten wollte, war es verschwunden.

Die Bücher im Regal interessierten ihn nicht. Es war auch keines dabei, das ihn ansprach. So ging er zu den Stühlen zurück und setzte sich auf einen Stuhl, der noch kein Symbol enthielt. Er fühlte sich kühl an, war aber sehr bequem.

Lucas schloss seine Augen um ein wenig zu ruhen. Die letzten Reisen waren anstrengend und er gönnte sich eine Pause. Er glitt sanft in das Reich der Träume, in der er vieles erlebte, von real erscheinenden Erlebnissen bis hin zu Surrealem. So konnte er fliegen und sich in verschiedene Fabelwesen verwandeln, mit der Straßenbahn fahren und einfach an einem Bach entlang spazieren.

Als er erwachte, lächelte er über den surrealen Traum.

„In Träumen ist alles möglich", lächelte er, um gleich danach nachdenklich zu werden. Denn er war in der Realität in dieser Kammer! Er konnte alles anfassen und einiges sogar selbst steuern. Im Traum war ihm das Steuern nicht möglich, obwohl er hörte, dass es möglich sein sollte.

„Meine Reisen hier in der Kammer sind aber auch surreal!" sagte er zu sich selber.

Ihm war nicht mehr ganz klar, ob das hier in der Kammer vielleicht doch ein Traum sein könnte. Es geschehen Dinge, die in der realen Welt nicht für möglich gehalten würden. Aber sind sie deswegen unmöglich?

*Es geschehen Dinge,
die in der realen Welt nicht für möglich gehalten werden.
Aber sind sie deswegen unmöglich?*

Erholt, aber mit dieser Frage im Kopf, stand er auf und ging zum Altar um ihn zu berühren. Dazu wählte er eine Stelle direkt neben dem Medizinrad.

~*~

Blumen sind die schönen Worte und
Hieroglyphen der Natur,
mit denen sie uns andeutet,
wie lieb sie uns hat.

Johann Wolfgang von Goethe

~*~

Inka

„Das Zentrum ist Cusco", sagte Coniraya, als er mir das Mayakreuz erklärte. Das Mayakreuz, auch Andenkreuz, Kreuz der Anden oder La Chakana genannt, beinhaltet in Kurzform das Leben der Inka.

„Auf Quechua, meiner Muttersprache, heißt es tawa chakana."

Coniraya war ein sehr netter Inka, der sich viel Zeit für mich nahm. Noch viel tiefer war ich berührt, als ich hörte, dass Coniraya auch der

Gott der Fruchtbarkeit genannt wurde. Der Gott, der durch einfache Berührung Leben entstehen ließ. Er war auch der Gott der Bäume, Tiere, Pflanzen und Menschen. Aber hier war er ein Mensch wie du und ich. Ich konnte ihn anfassen, berühren und seinen Körper spüren – er war ein Mensch!

Das Kreuz der Anden hatte in der Mitte ein kreisrundes Loch. An den vier Seiten waren jeweils drei Stufen. Jede der vier Seiten symbolisierten die Himmelsrichtungen, nach oben den Norden, nach rechts den Osten, nach unten den Süden und nach links den Westen. Er erklärte mir die Bedeutung der einzelnen Stufen.

Die Stufen beschrieben unter anderem den Kondor, der das Symbol des Himmels war, der die Botschaften auf die Erde brachte und die Seelen in den Himmel.

Der Puma war das Symbol der Erde und das Zeichen von Kraft und Dominanz der Inkas gegenüber anderen Stämmen und Kulturen.

Die Schlange galt als Symbol der Unterwelt und als Zeichen der Weisheit.

Die weiteren Stufen beschrieb er mir auch. Durch dieses Andenkreuz trug jeder einzelne Inka das gesamte Leben der Inkakultur bei sich und stärkte ihn.

Coniraya nahm mich mit in die Stadt Cusco.

„Cusco", begann Coniraya zu erzählen, „ist das Zentrum der Inka. Diese Stadt liegt auf einem ganz besonderen Platz der Erde. Er ist umgeben von zwölf Bergen, die bei uns Apus genannt werden. Apu ist der Geist des Berges und die zwölf Apus sind die Schutzgeister dieser Stadt und ihrer Einwohner."

„Auch hier wieder die Zahl zwölf!" bemerkte ich. Coniraya ließ diese Bemerkung im Raume stehen.

Er brachte mich zu einem Platz, an dem wir einen weitreichenden Blick über die Stadt hatten. Sie war sehr schön und facettenreich. Ich entdeckte Vieles, das ich vorher schon im Internet gesehen hatte. Es aber hier direkt vor Augen zu haben, war etwas ganz anderes, ein eintauchen in eine völlig andere Welt.

Coniraya gab mir eine Tasse grünen Tee zu trinken, als ich ihm sagte, dass mir die Höhe von dreitausendvierhundert Metern doch etwas zu schaffen machte. Als ich mich für den grünen Tee bedankte, lachte er.

„Es ist kein grüner Tee, es ist Mate de Coca. Ein Tee aus den Blättern der Coca-Pflanze. In euren Ländern ist der Tee verboten, hier ist er ein wichtiges Kulturgut. Wie ihr den Kamillentee trinkt, trinken wir hier den Mate de Coca. Er ist bestens für die Behandlung der Höhenkrankheit geeignet. Deshalb wächst er auch hier.

Da ihr zivilisierten Menschen von der Natur getrennt seid, versteht ihr den Zusammenhang zwischen den Pflanzen, die in eurer Gegend wachsen und der Gesundheit nicht. Es wachsen bei euch genau die Pflanzen, die auch für euer Leben dort wichtig sind. Nicht nur die Auszüge, sondern die gesamte Pflanze."

Es wachsen bei euch, an eurem Ort,
genau die Pflanzen,
die auch für euer Leben dort wichtig sind.

Das gab mir zu denken. Bei uns gab es sehr viele Medikamente, die künstlich hergestellt wurden, die sehr gut halfen, aber auch viele Nebenwirkungen hatten.

„Verbindet euch wieder mit der Natur und ihr werdet gesund", sagte er zum Abschluss dieses Themas.

Verbindet euch wieder mit der Natur und ihr werdet gesund.

Ich sah ihm in die Augen und dachte fast, dass ich seine Seele sehen konnte. Ich blickte in eine Tiefe und eine Weite, die das gesamte Universum enthielt. Mein Blick traf eine wunderbare Lichtgestalt, die sehr rhythmische Bewegungen machten. Die regenbogenfarbenen hellen Lichter, die sich in Spiralen drehten, zogen mich mehr und mehr in ihren Bann.

Gerade als ich das Gefühl hatte, in ihn hineingezogen zu werden, schloss er seine Augen und die Verbindung war unterbrochen.

„Dafür ist es noch zu früh", sagte er entschlossen.

Wir gingen weiter zu einem anderen Platz. Der Aufstieg war anstrengend, aber als wir angekommen waren, sagte er: „Saqsayhuaman".

Wir gingen noch über den großen Platz, von dem aus ich die große gezackte Mauer sehen konnte. Mitten auf dem Platz blieb er stehen.

„Das Inti Raymi ist unser Fest der Sonne. Wir zelebrieren es regelmäßig am Tage der Wintersonnenwende, den ihr den 21. Juni nennt. Wir feiern es auf dem Platz der Tränen, dem Waqaypata und ehren die Sonne, die uns das Leben spendet."

Wir gingen zu dem Hügel, der gegenüber der gezackten Mauer lag. Er ging auf eine Wand zu und verlangsamte seine Schritte dabei nicht.

Ich dachte schon, er würde gegen die Wand rennen, aber es öffnete sich eine Tür.

„Eine Tür!" sagte ich erstaunt.

Er reagierte nicht. Ich folgte ihm in den Berg. Als sich hinter uns die Tür schloss, wurde der riesige Raum hell erleuchtet. Wie auch in der Kammer in Ägypten hatte ich keine Erklärung für das Licht. Es waren keine Lampen zu sehen!

Er gab mir ein Zeichen, mich auf den Boden zu setzen. Danach ging er zu einem Altar, der bunt geschmückt war und drehte sich zu mir um.

„Wir beginnen mit der Zeremonie", begann er.

Er sah meinen überraschten Ausdruck im Gesicht.

„Es ist in Ordnung. Deswegen bist du hier her gekommen. Und nach der Zeremonie wirst du es wissen."

„Hmmm", sagte ich und ließ mich darauf ein.

„Schließe deine Augen. Die Priesterweihung umfasst sieben Stufen."

Sollte ich jetzt Priester werden?

Er begann mit der Einweihung. Die ersten drei Stufen umfassten die Identifikation mit der Familie, dem Dorf, der Region und dem Land, in dem man lebte. Er erklärte, dass die meisten Menschen in dieser Stufe leben würden. Aber es gab in der andinen Priesterweihe noch vier weitere Stufen, in die er mich einweihen wollte.

Die vierte Stufe umfasste die Identifikation mit der gesamten Erde. In dieser Stufe schafften es die Priester ihre eigenen Schatten, ihre eigenen Ängste zu integrieren und darüber hinaus zu wachsen. Dadurch würde die Harmonie im Inneren entstehen.

Diese Stufe nahm mehr Zeit in Anspruch. So saß ich eine lange Zeit auf dem Boden und hatte das Gefühl, ab und zu durchgeschüttelt zu werden. An manchen Stellen zwickte es, an anderen tat es weh. Aber immer war das Gefühl der Geborgenheit in mir. Ich sah Lichtblitze und Lichter, die so ähnlich wie die Nordlichter waren. Es waren sehr schöne Zeichnungen.

Wie der Ablauf der Einweihung statt fand, bekam ich nicht mit. Ich war vollkommen in meinen eigenen Prozess abgetaucht.

Danach gönnte er mir eine Pause. Ich durfte die Augen öffnen und er bot mir eine Tasse Mate de Coca an. Genüsslich trank ich den Tee. Die Harmonie spürte ich deutlich in jeder meiner Zellen, in jeder Emotion und in jedem Gedanken. Der Tee schmeckte viel intensiver, viel harmonischer als zuvor und erreichte viel mehr Bereiche in mir. Bei jedem Schluck hatte ich das Gefühl, mit der gesamten Erfahrung der Erde in Kontakt zu kommen, an ihrem ganzen Wissen teilhaben zu können. Und ich würde sagen: Es ist unendlich viel Wissen! Es überwältigte mich. Coniraya hatte aber dafür gesorgt, dass nur so viele Informationen fließen konnten, wie ich auch bewältigen konnte.

Nach einer Weile begann er mit der fünften Einweihung. Es war die Identifikation mit dem Sonnensystem.

Ich schloss meine Augen und merkte, wie meine Hände immer wärmer wurden. Auch erschienen sie mir immer heller und lichter zu werden. Mein Rücken tat mir weh, aber er legte eine Hand auf die schmerzende Stelle, wobei der Schmerz gleich wieder verging.

Priester, die in die fünfte Stufe eingeweiht waren, konnten Krankheiten durch einfache Berührung heilen. Er erklärte es mir ausgiebig in der langen Pause, die nach der Einweihung folgte.

„Du brauchst noch etwas Zeit, diese Fähigkeit zu integrieren. Deine Zellen, dein physisches System wird sich darauf einstellen. Du brauchst jetzt eine Pause. Dort drüben ist ein Bett. Lege dich dort hin und schlafe etwas."

Er deutete in eine Ecke, die dunkel war. Ich konnte dort nichts erkennen, ging aber hin. Es stand tatsächlich ein Bett dort, in das ich mich legte.

„Wenn du aufwachst, beginnen wir mit der sechsten Stufe."

Ich schlief sofort ein. Viele Träume begleiteten meinen Schlaf, der aber auch sehr erholsam für mich war.

Als ich aufwachte, stand Coniraya neben mir und lächelte. Ich lächelte zurück, stand auf und ging zu dem Platz zurück. Er gab mir ein Glas Wasser zu trinken. Als ich saß, wollte er mir den nächsten Schritt erklären, aber ich unterbrach ihn: „Ist es nicht zu schnell, die ganzen Einweihungen direkt hintereinander durchzuführen?"

„Normalerweise werden dafür sehr viele Jahre gebraucht. Aber bei dir ist es etwas anderes. Du bist nicht auf normalem Wege hergekommen, sondern hattest schon vor deiner Inkarnation dieses Ziel gehabt. Dein Leben war so verlaufen, um die besten Voraussetzungen für deine Einweihungen zu schaffen. In früheren Inkarnationen warst du schon Priester gewesen. Und nun ist es an der Zeit, wieder Priester zu werden. Bei dir stellt es sich als einfache Erinnerung dar. Mehr ist nicht notwendig, um diese Fähigkeiten zu aktivieren."

Er sagte es in einem sehr ruhigen Ton, sehr gelassen, so als ob er meine Frage erwartet hätte. Seine sanfte Stimme beruhigte mich. Ich schloss wieder meine Augen und er begann.

„Die sechste Stufe ist die Identifikation mit unserer Galaxie."

Ein Priester in der sechsten Stufe leuchtete in dem göttlichen, heiligen Licht. Es waren die vollkommenen religiösen, politischen und sozialen Führer. In diesem Bewusstseinszustand war es einem klar, dass es keine Handlungen mehr gab, die dieser Stufe widersprachen. Eine Verantwortung, die mir zu diesem Zeitpunkt nicht ganz bewusst war!

Diese Einweihung ging viel tiefer als die vorhergehenden. Es schüttelte mich heftig, aber auch liebevoll. Es kam mir so vor, als ob alles Alte von mir abgeschüttelt wurde!

Diese Einweihung dauerte Stunden. Ich saß die ganze Zeit und es schüttelte mich immer wieder. Ich schien hin und her zu fliegen, blieb aber doch auf meinem Platz sitzen.

Danach schlief ich fest, so wie im Koma. Wie ich ins Bett kam, wusste ich nicht. Ich hatte nichts davon mitbekommen.

Als ich aufwachte sagte Coniraya: „Du hast drei Tage geschlafen."

„Drei Tage!" sagte ich überrascht.

„Drei Tage", wiederholte Coniraya ruhig mit sanfter Stimme. „Das ist für diese Einweihung sehr kurz. Viele schlafen danach einen Monat."

„Hmmm."

Mir kamen die drei Tage schon sehr lange vor. Ich fühlte mich ausgeschlafen und munter. Voller Energie wollte ich gleich die letzte Einweihung mitmachen, aber Coniraya winkte ab.

„Vor der letzten Einweihung gibt es noch ein Ritual. Es hängt mit deiner Reinigung zusammen. Sowohl innerlich wie äußerlich musst du dich reinigen. Dazu werde ich dir einen Raum zeigen, in dem alles für deine Reinigung vorhanden ist. Du wirst selber spüren, wann es soweit ist.“

Er begleitete mich in den Raum und schloss die Tür, als ich drin war. Jetzt war ich hier alleine und meine Beschäftigung war die Reinigung.

Ich sah mich um und fand allerlei Tees und Badezusätze. Auch Bücher waren dort. Ich hatte das Gefühl, dass es sich um eine etwas längere Reinigung handeln würde. Ich stellte mich darauf ein und begutachtete alles, was ich vorfand.

Zuerst zog es mich in die Badewanne mit den schönen Badezusätzen. Bei der Auswahl verließ ich mich auf meine Intuition.

Das Baden tat sehr, sehr gut. Ich konnte mich dem warmen, von Düften umschmeichelnden Gefühl hingeben. Nicht nur mein Körper, sondern auch mein Innerstes wurde gereinigt.

Die Tees schmeckten vorzüglich und die Bücher sorgten mit ihrer ausgewogenen Wortwahl für eine Reinigung meiner Gedanken.

Als ich nach drei Tagen mit meiner Reinigung fertig war, verließ ich den Raum und ging auf Coniraya zu.

„Du bist gereinigt“, sagte er wohlwollend und betrachtete mich mit seinen strahlenden Augen, die seine unendliche Tiefe verrieten.

Ich sah ihn an und er sagte weiter: „Die nächste Einweihung wird nur kurz hier in diesen Räumen sein. Sie wird aber fortgesetzt werden, in der kommenden Zeit. Es wird dir dann vielleicht nicht wie eine Einweihung vorkommen, aber sie findet statt. Manchmal wirst du das Gefühl haben, wieder in deine alten Muster zurückzufallen, aber sei dir bewusst, dass es nicht so sein wird. Sei dir bewusst, dass du die Einweihung durchlebst. Bleibe immer in diesem Bewusstsein. Das ist ein Teil deiner Einweihung."

Ich nickte zustimmend, setzte mich hin und schloss meine Augen.

Nach etwa zwei Minuten war es vorbei. Ich durfte aufstehen und er stellte sich mir gegenüber. Dabei sahen wir uns beide tief in die Augen.

Nachdem ich einmal kurz blinzelte, war ich zurück in der Kammer.

In der Kammer

Sie war immer ein Ort der Sammlung und des zu sich Kommens. Lucas nutzte ihn für unterschiedliche Wahrnehmungen.

Dieses Mal blieb er stehen und atmete tief und ruhig. Er hatte nicht das Gefühl, irgendetwas machen zu müssen. Es interessierten ihn nicht einmal die Symbole und Stühle, nicht der Altar und auch nicht die Bücher.

Seine Stimmung sank, er wurde traurig um gleich darauf wieder freudig zu werden. Diese Schwankungen hielten etwa drei Stunden an, um sich dann langsam auf eine mittelmäßige Stimmung einzupendeln.

„Ob das etwas mit der Einweihung zu tun hat?" fragte er sich leise.

„Ja", hörte er die wunderbar sanfte Stimme.

Er sah sich um. Vielleicht konnte er jemanden sehen. Möglicherweise war es dieser Mensch in dem Bild von vorhin. Er sah zu dem Bild, konnte dort aber kein Gesicht erkennen.

Müde geworden setzte er sich auf den Fußboden, zog die Beine zu sich und umklammerte sie mit beiden Händen und fühlte sich ganz klein, wie ein kleines Kind.

Er lächelte, blickte verschmitzt durch die Kammer, so als ob er ein Spielzeug suchte. Das Kind im Manne war hervorgetreten und wollte spielen. Lucas gab dem inneren Kind den Raum dazu. Es machte ihm viel Freude und seine Stimmung stieg wieder an. Gleichzeitig spürte er sein eigenes Wachstum, die frei werdende Energie in seinem Körper und die Leichtigkeit, einfach der zu sein, der er war. Und er wusste, dass er sich verändern würde, so wie jede Erfahrung einen Menschen veränderte. So ist das Leben.

Jede Erfahrung verändert einen Menschen. So ist das Leben.

Mit dieser Erkenntnis machte ihm sein Leben immer mehr Freude. Aber seine Stimmungsschwankungen hatte er nicht vergessen. Sie waren noch in seiner Erinnerung. Vor ihnen fürchtete er sich auch ein wenig. Sollten sie wieder kommen?

„Die will ich aber nicht!" rief er und schon wurde seine Stimmung wieder schlechter. War er deswegen hergekommen, um in dem einen Moment eine total freudige Stimmung zu haben und im nächsten Moment eine total schlechte Stimmung?

Traurig blickte er zum Boden. Es wurde immer zäher.

~*~

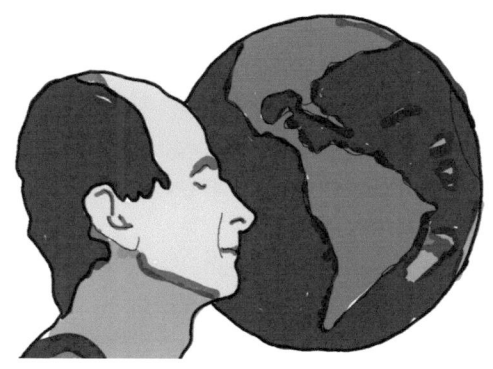

Wenn du traurig bist,
dann schau in dein Herz und du wirst erkennen,
dass du weinst um das, was dir Freude bereitete.

Khalil Gibran

~*~

Der Sinn der Reise

Ich stellte mich vor den Altar und es fühlte sich zäh an. Ich wusste nicht, wie ich es sonst beschreiben sollte. Die Reisen waren interessant und ich hatte, viel gelernt. Aber was sollte das ganze Lernen?

Je länger ich auf den Altar starrte, desto verschwommener nahm ich ihn wahr. War es das Richtige für mich? War ich hier wirklich richtig? Gut, sagte ich mir, ich hatte es mir ausgesucht, hier zu sein. Aber jetzt, da ich hier war, kamen die Zweifel.

Wollte ich den Weg wirklich gehen? Was war eigentlich los, gerade eben noch unendlich gut gelaunt und nun die totale Tiefe, wie ein tiefes, schwarzes Loch!

Was sollte das eigentlich, diese Reisen und die Erklärungen von Michikinikwa und Itzamná, Antoon, Norgye und Chilam Balam? Und dann noch die Einweihungen von Coniraya?

Irgendwie kam immer mehr das Gefühl der Sinnlosigkeit in mir hoch. Sollte ich die Reise hier abbrechen und nach Hause gehen?

Nach Hause, alles vergessen und im alten Trott weiter machen?

„Im alten Trott", sagte ich und schauderte. Denn im alten Trott wollte ich auf keinen Fall weiter machen. Niemals wieder wollte ich im alten Trott weiter leben! Niemals wieder!

„Was ist eigentlich der Sinn meiner Reise?" fragte ich mich.

„Was ist eigentlich der Sinn meiner Reise?" fragte ich den Altar. Ich war aber fest davon überzeugt, dass ich keine Antwort bekam. Denn ein Altar konnte nicht antworten!

Immer noch stellte mich die komplette Reise vor ein Rätsel. Und auch die Frage: Warum konnte ich in diese Kammer gelangen und andere nicht? Warum hatte ich im Internet nichts davon gelesen? Gab es diese Kammer wirklich oder war ich in einem Traum?

Wenn es ein Traum war, dann war er ganz schön real. Ich spürte den Staub, den ich beim Einstieg unter die unvollendete Kammer eingesammelt hatte. Meine Hose war staubig. War sie das auch, als ich bei Michikinikwa und bei Itzamná war? Darauf hatte ich nicht geachtet.

War es wirklich wichtig zu wissen, warum ich diese Reise unternahm? Mein Emotionalkörper sagte mir, dass es absolut unwichtig sei, zu wissen, warum. Mein Mentalkörper sagte mir, dass es absolut wichtig war, es zu wissen.

Ein Dilemma, aus dem ich heraus wollte, bevor ich den Altar das nächste Mal berührte.

Mir fiel das Bücherregal ein. Ich ging dort hin und sah mir die Titel der Bücher an.

„Die Lebensweisen der Indianer", las ich den ersten Buchtitel vor und den zweiten Buchtitel: „Die Maya-Kultur".

„Der Sinn der Reise", las ich den nächsten Buchtitel und stutzte. Das war genau meine Frage! Was war der Sinn meiner Reise?

Ich nahm das Buch und blätterte darin. Gleich das Vorwort war interessant, denn es stand dort:

„Der Sinn einer Reise

Der Sinn einer Reise ist oft, ein fremdes Land, fremde Menschen und Kulturen kennen zu lernen. Reisen sind eine ganz persönliche Lebenserfahrung. Alles, was man selbst erlebt, gesehen und erfahren hat, bleibt im Gedächtnis und verändert die eigenen Ansichten und Sichtweisen, verändern das eigene Leben. Sie bilden viel intensiver, als nur theoretisch Gelesenes oder im Film Betrachtetes.

Ein weiterer wichtiger Aspekt einer Reise ist, dass man sich besser selbst kennen lernt. Und das ganz besonders, wenn man alleine reist. Man erfährt, wie man auf Andersartigkeit und Fremdes reagiert, wie man auf das reagiert, das in einem steckt, das in einem versteckt ist.

Ist man offen für andere Kulturen, für andere Ansichten und Sichtweisen?

Oft werden andere Sichtweisen übernommen, die für einen selber stimmig und gut sind. Oft merkt man diese Veränderungen an sich selbst nicht unmittelbar, da sie über einen längeren Zeitraum in einem wachsen. Andere Menschen, Bezugspersonen und Partner merken das sehr viel früher.

Durch Reisen können andere Menschen im eigenen Umfeld besser verstanden und noch mehr geschätzt werden. Der eigene Horizont wird erweitert.

Dazu gehört das richtige Reisen. Richtig reisen bedeutet, dass man in Kontakt mit den Menschen fremder Kulturen kommt, die fremden Kulturen am eigenen Leibe erfährt. Es gehört dazu, sich auf diese Kulturen einzulassen, um sie kennen zu lernen.

In die stillen Stunden eines Tages gehört das Reflektieren. Das bedeutet, den Tag in einer neuen Kultur Revue passieren zu lassen und sich die besonderen Ereignisse noch einmal anzuschauen. So wird jeder Tag der Reise ein ganz besonderer Tag mit ganz besonderen Erlebnissen und Erkenntnissen. Und jeder Tag wird einen Menschen, der sich darauf einlässt, bereichern.

Bei dieser Reise wünschen wir Ihnen, liebe Leserin, lieber Leser, sehr viel bereichernde Eindrücke."

Ich senkte meinen Arm, in dem ich das Buch hielt und blickte nach vorne. Dort sah ich ein Bild mit einem Schmetterling.

„Das ist also der Sinn meiner Reise?" fragte ich mich und sah weiter auf den Schmetterling.

Wie lange ich dort stand, konnte ich nicht mehr sagen. Es fühlte sich sowohl sehr kurz wie auch sehr lange an.

Eine Reise zu fremden Kulturen
erweitert immer
den eigenen Horizont.

„Den eigenen Horizont erweitern, steht in dem Buch.

Ist das der Sinn meiner Reise? Meinen eigenen Horizont erweitern? Neues kennen lernen? Altes Wissen auffrischen? Warum sollte ich sonst bei den Indianern und den Maya gewesen sein?" fragte ich den Schmetterling.

Er aber rührte sich nicht. Er blieb leise und still in dem Bild, wie zuvor auch. Nicht, dass ich erwartet hätte, dass er etwas dazu sagte, aber hier in dieser Kammer hätte ich mich über ein Zeichen von ihm nicht gewundert.

„Nun gut", sagte ich und stellte das Buch wieder in das Regal an die dritte Stelle, neben dem Buch über die Mayas, zurück.

Neugierig wollte ich den Titel von dem nächsten Buch lesen, aber er war sehr verschwommen. Ich konnte ihn nicht lesen. Es sollte wohl eine Überraschung sein. Was hatte ich vor kurzem noch in einem anderen Buch gelesen: „Unwissenheit ist die Mutter aller Abenteuer."

Ich ging wieder zu dem Altar und betrachtete ihn mit der neuen Erkenntnis. Wo würde meine nächste Bereicherung liegen?

Meine Stimmung war wieder sehr weit oben. Der Sinn der Reise war geklärt und ich wurde wieder neugierig. Den inneren Blues hatte ich ziemlich schnell überwunden. Das, ja genau das, fand ich sehr gut!

In der Kammer

Lucas sah auf den Altar und auf die Symbole, die er bereits erfahren hatte. Aber einige waren noch nicht sichtbar. In ihm stieg die Neugier auf die weiteren fünf Symbole.

Er ging zum Bücherregal, denn ihn zog ein Buch an, auf dem der Titel ‚China' stand. Er nahm es und blätterte darin herum. Dabei fielen ihm einige Dinge ein, die er über China gehört hatte:

‚China war ein Land der vielen Gegensätze. Damals zu Zeiten, als noch der Kaiser das Sagen hatte und alle Chinesen in den bunten Kleidern herumliefen, waren die Gelehrten, die weisen Menschen, noch sehr angesehen. Sie brachten viel Weisheit und Wissen über das Leben in diese Welt. Es wurde vielen Schülern zum Beispiel gelehrt, man solle seinen Meister so lange kopieren, bis man es selber könne und vielleicht auch besser kann.

Aber auch hier galt der Satz, dass jeder seinen Meister finden würde.

Viele bahnbrechende Entdeckungen hatten hier ihren Ursprung, so zum Beispiel das Schwarzpulver und auch das Meridiansystem, das in der Traditionellen Chinesischen Medizin bei uns Anwendung findet.'

„Dann ist mein nächstes Reiseziel China", sagte Lucas voller Freude. Gerne wollte er schon immer das alte China sehen, mit den bunten Kleidern, mit den weisen Menschen und nicht das China mit den blauen Einheitskleidern und der kommunistischen Führung.

Aber konnte er wirklich entscheiden, in welche Zeit er reisen würde?

Und genau das interessierte Lucas. Er ging zum Altar und berührte ihn.

~*~

Jedes Werden in der Natur, im Menschen,
in der Liebe muss abwarten, geduldig sein,
bis seine Zeit zum Blühen kommt.

Dietrich Bonhoeffer

~*~

China

Da saß ich nun auf der chinesischen Mauer. Ganz alleine, niemand war zu sehen. Ich konnte nur einen Teil der Mauer überblicken. Sie war in einem relativ guten Zustand.

„Wenn sie restauriert ist, dann ist sie perfekt", sagte ich zu mir. „In unserer heutigen Zeit werden manche Restaurierungen aber nur halbherzig ..."

Ich wurde durch Schritte unterbrochen. Ich sah mich um. Es kam ein Mann in historischer chinesischer Kleidung auf mich zu. Ich lächelte, denn mein Wunsch war in Erfüllung gegangen.

„Ni hao", begrüßte er mich.

„Ni hao", antwortete ich ihm, „mein Name ist Lucas."

Ich hatte die Befürchtung, dass er nur chinesisch sprechen würde und ich ihn dann nicht verstehen könnte. Aber er sprach in meiner Sprache, so wie es auch bei meinen bisherigen Reisen gewesen war.

„Mein Name ist Xiao Li. In deiner Sprache bedeutet es Kleiner Li. Willkommen in China. Dein nächster Lernschritt wird sein ...", legte er gleich mit den Belehrungen los. Wir hatten möglicherweise keine Zeit zu verlieren.

„... das Hellschreiben."

Ich sah ihn mit großen Augen an. Was war denn Hellschreiben? Das würde doch nichts mit der Hölle zu tun haben, denn im Englischen ist eine Bedeutung von hell die Hölle.

„Das Hellschreiben hat nichts mit der Hölle zu tun", beantwortete er gleich meine Frage, „sondern mit dem Licht. Du kennst bestimmt das Hellsehen. Das ist hier nichts anderes, es ist nur nicht das Sehen, sondern das Schreiben."

Gut, dachte ich mir. Dann werde ich jetzt Hellschreiben.

„Dazu brauchst du eine Vorbereitung. Es ist gut, sich innerlich auf die Stille vorzubereiten. Dazu gibt es unterschiedliche Methoden.

Eine Methode ist, einen Stift und Papier in die Hand zu nehmen, innerlich ruhig zu werden und mit dem Schreiben zu beginnen. Schreibe einfach etwas auf oder male nur mit dem Stift. Denke dabei nicht, sondern lasse deine Hand einfach malen oder schreiben. Beobachte sie dabei, werte aber nicht. Du wirst in die Stille getragen und dann kannst du die innere Stimme hören und sie aufschreiben."

Er deutete an, dass ich beginnen solle.

„Du kannst das Hellschreiben auch mit bestimmten Fragen verknüpfen, mit Problemen oder Themen, die dich interessieren. Du wirst immer eine Antwort erhalten."

Während er das sagte, hatte ich mit dem Kritzeln begonnen. Eine Frage fiel mir nicht ein.

Ich hatte bei den bisherigen Reisen schon sehr viel gelernt.

Aber war ich hier in China, um das Hellschreiben zu lernen? Das wäre doch auch in der Kammer möglich gewesen!

Okay – ich hatte dann doch eine Frage und mit ihr legte ich los. Während ich schrieb, zog sich Xiao Li langsam und still zurück.

Ich schrieb mir meine Gedanken aus dem Kopf. Ich wurde immer leerer und leerer. Der Raum in mir wurde immer weiter und weiter, bis zuletzt das gesamte Universum darin Platz gefunden hätte.

Nach vielen Seiten des Schreibens war immer noch kein Text oder Satz zu erkennen. Langsam wurde ich unruhig. Xiao Li schien es bemerkt zu haben und kam näher.

„Dich in Geduld zu üben musst du lernen. Es ist noch kein Meister vom Himmel gefallen, sagt ein Sprichwort bei euch. Meister Konfuzius sagt: Ist man in kleinen Dingen nicht geduldig, bringt man die großen Vorhaben zum Scheitern.

Ist man in kleinen Dingen nicht geduldig,
bringt man die großen Vorhaben zum Scheitern.

Wenn du dich in Geduld übst, werden dir die großen Dinge, die auf dich warten, gelingen. Übe dich in Geduld und probiere es solange, bis es dir gelingt", sagte er und verschwand.

Da saß ich nun alleine auf dieser Mauer, mein Lehrmeister war verschwunden und ich mit meinem Latein am Ende.

Ich stand auf und ging ein paar Schritte, um mich zu beruhigen, wegen meiner Ungeduld. Lernen solle ich sie, hatte er gesagt. Dabei hatte ich doch das Gefühl, schon sehr geduldig zu sein.

Aber anscheinend war es noch nicht genug.

Ich ging auf der Mauer spazieren und sah mich um. Es war schön hier. In diesem Teil von China war viel Natur, nur die prächtigen Bauten, die ich in historischen Filmen sah, fehlten völlig. Ein alter Schuppen war zu sehen, der aber auch schon fast zugewuchert war.

Die Mauer war sehr eben und vollständig erhalten. Sie war nicht, wie dieser Schuppen, überwuchert, sondern sehr sauber gehalten, fast so, als ob sie noch gar nicht so alt wäre. Daher nahm ich jetzt an, dass sie doch nicht restauriert war.

Ich ging weiter und genoss den Anblick der Bäume, die rechts und links der Mauer standen.

Viele Gedanken gingen mir durch den Kopf. Aber gleich war meine innere Stimme da, die mir befahl, in der Stille zu bleiben. Ich blieb stehen und atmete tief durch. Wollte ich doch Hellschreiben lernen!

Still ging ich weiter. Der leichte Wind streichelte mein Gesicht und wehte auch noch die letzten Gedanken hinfort.

Intuitiv setzte ich mich, nahm meinen Stift und Zettel und schrieb. Nach ein paar Seiten war in der Mitte zu lesen: ‚Lerne Geduld'. Das war die Antwort auf meine Frage. Ich sollte Geduld lernen.

„Gut, angenommen", sagte ich mit einem Lächeln im Gesicht, stand auf und ging weiter.

Nach gefühlten drei Stunden gehen, kam in mir Unruhe auf. Wie weit sollte ich noch gehen? Diese Frage wiederholte sich danach in immer kleiner werdenden Abständen. Und je mehr sie auftauchte, desto ungeduldiger wurde ich. War ich nicht schon lange genug auf dieser Mauer gegangen?

Gerade als dieser Gedanke in meinem Kopf war, fielen mir die Zettel aus der Hand. Eine Windbö kam und wehte alle Zettel bis auf einen weg. Und welcher Zettel blieb liegen? Klar, der Zettel auf dem stand: ‚Lerne Geduld'.

Ich sah auf den Zettel und meine innere Ruhe kam langsam wieder zurück. Hatte ich doch die Aufgabe angenommen!

Ich ging weiter auf der Mauer. Ein Blick zum Horizont verriet mir, dass die Mauer noch sehr lang war. Mit einem tiefen Atemzug setzte ich meine China-Mauer-Reise fort.

Meinen Hunger und Durst konnte ich gut stillen, hatte ich doch genug zu essen und zu trinken mit.

Als die Sonne unter ging, suchte ich einen Platz zum Rasten. Ich wollte in der Nacht nicht weiter laufen. Kaum begann ich das Suchen, offenbarte sich mir ein kleiner Platz, der sehr gemütlich aussah. Ich machte es mir bequem und schlief auch sofort ein.

Am nächsten Morgen wachte ich mit der Sonne auf, genoss das leckere Frühstück und machte mich danach wieder auf den Weg.

„Hatte Konfuzius nicht auch gesagt: Der Weg ist das Ziel?" fragte ich mich und ging weiter. Merkwürdig fand ich nur, dass ich trotz der vielen Bäume keinen Vogel zwitschern hörte. So verlief dieser Tag genau so, wie der gestrige endete: viele Kilometer gehen und abends einen Schlafplatz finden.

Ein paar Tage später hatte ich das Gefühl, dass ich schon einmal diesen Weg gegangen war. Er kam mir sehr bekannt vor. Ging ich etwa im Kreis?

Das konnte nicht sein, denn ich ging meinen Weg immer mit der Sonne. Wenn ich im Kreis gehen würde, so müsste ich ihr auch entgegen gehen. Aber vielleicht würde ich in der Nacht an meinen Ausgangspunkt zurück gebracht, ohne dass ich es merken würde?

„Nein", sagte Xiao Li, der plötzlich wieder auftauchte.

„Deine Lektion war Geduld. Du bist immer weiter gelaufen, obwohl es für das Laufen kein Ziel gab, dass du erreichen wolltest: außer Geduld. Also hat dich der Weg die Geduld gelehrt.

Wenn du ein anderes Ziel wählst, wird dich der Weg das lehren. Es kommt immer darauf an, was du möchtest, wohin du möchtest. Der Weg wird dich dahin bringen.

> Wenn du ein Ziel hast,
> aber zweifelst, es je zu erreichen,
> so wird dich dein Weg lehren,
> ein Ziel zu verfolgen, es aber nicht zu erreichen."

Wenn du ein Ziel hast, aber zweifelst, es je zu erreichen, so wird dich dein Weg lehren, ein Ziel zu verfolgen, es aber nicht zu erreichen.

Ich sah ihn mit großen Augen an: „Heißt das, dass ich diesen Weg die vielen Tage, gar nicht hätte laufen brauchen?"

„Doch. Es war dein Ziel, Geduld zu lernen. Und der Weg konnte dir kein anderes Ziel anbieten. Er kann dir nur das anbieten, was du als Ziel hast!"

„Hätte ich als Ziel gehabt, dass ich in ein Auto steige und die Mauer entlang fahre, dann hätte ich es auch erreicht?"

„Ja. Aber wenn ein Zweifel in dir ist, wenn er auch noch so klein ist, dann wird dieses Ziel erst erreicht werden, wenn der Zweifel sich ganz aufgelöst hat."

„Wenn ich keine Zweifel habe, dann erfüllen sich meine Wünsche sofort?"

„Im Prinzip ja", antwortete Xiao Li.

„Schon wieder eine Einschränkung", schoss es aus mir heraus.

„Bei diesem Wunsch, mit dem Auto die Mauer entlang zu fahren, gehst du innerlich davon aus, dass es sowieso nicht klappen würde. So kann dir der Weg diesen Wunsch auch nicht erfüllen.

Welchen Sinn würde es in deinem Leben machen, mit einem Auto diese Mauer entlang zu fahren?"

„Keine Ahnung", gab ich zu.

„Darum wird er sich auch nicht erfüllen. Deine Ziele erfüllen sich, wenn du mit jeder Faser deines Seins die Erfüllung fühlst, vor deinem inneren Auge siehst und spürst, dass es schon in Erfüllung gegangen ist. Und ..."

Er machte eine kleine Pause, um den nächsten Satz besonders hervor zu heben.

„Und es muss im Einklang mit dem Universum, mit dem Großen Ganzen, mit der Einheit stehen!"

Deine Ziele erfüllen sich,
wenn du mit jeder Faser deines Seins die Erfüllung fühlst,
vor deinem inneren Auge siehst und spürst,
dass es schon in Erfüllung gegangen ist.
Und es muss im Einklang mit dem Universum,
mit dem Großen Ganzen, mit der Einheit stehen!

„Das verstehe ich nicht. Warum muss es im Einklang mit dem Großen Ganzen stehen?" fragte ich unbeholfen.

„Ich gebe dir ein Beispiel: Du stehst mit deinem Auto vor einer Ampelkreuzung und möchtest die Farbe grün haben, damit du weiter fahren kannst. In der Querstraße steht ein Freund von dir und wünscht sich auch die grüne Farbe zum Weiterfahren. Wenn jetzt beide Wünsche in Erfüllung gehen würden, dann würdet ihr einen Unfall verursachen!"

„Ach so! Danke!" mehr fiel mir nicht ein.

Wir nahmen uns in die Arme. Kurz musste ich blinzeln und war wieder in der Goldkammer.

In der Kammer

Lucas durfte Geduld durfte lernen.

Er sah sich überrascht um. Die Kammer machte nicht den Eindruck, dass er ein paar Tage fort war. Aber wie sollte sie sich auch in den paar Tagen verändern, wenn sie schon so viele tausend Jahre existierte.

Der nächste Stuhl war gekennzeichnet mit dem Symbol für das chinesische Schriftzeichen für ‚Liebe‘.

„Nicht Geduld?" fragte er, „Warum?"

Er erhielt keine Antwort. Er war schließlich alleine in der Kammer. War er wirklich alleine oder war noch jemand hier? Irgendwie mussten die Stühle und der Altar verändert werden. So dachte sich Lucas, dass eine Wesenheit hier war, um dieses zu steuern.

Nachdem er zum Bücherregal gegangen war, stellte er die Frage: „Wer ist noch hier?"

Dabei sah er sich die Bücher an. Alle sahen aus, als ob sie sagen würden: „Ich bin hier."

Lucas überlegte kurz, begann tief zu atmen um auf seine innere Stimme zu hören. Tief aus seinem Innersten kam die Antwort: „Alle und keiner."

Verdutzt sah er sich um. Diese Antwort hatte er nicht erwartet! Er hatte eine Antwort erwartet, die ihm sagen würde, dass ein anderes

Wesen hier sei oder keines. Aber beide Möglichkeiten schienen ihm zu unwahrscheinlich.

Es tauchte in seinem Inneren eine Melodie auf, die er gut kannte und auf seiner Hawaii-Reise kennen gelernt hatte. Dort schwamm er mit Delfinen und Mantarochen, sah viele Wale und lauschte ihren Gesängen. Diese Begegnungen hatten ihn tief beeindruckt.

Er ging zum Altar. Da wollte er wieder hin, die Sonne auf seiner Haut spüren, das Wasser fühlen und den Kontakt zu den Delfinen kosten. Er berührte sanft den Altar.

~*~

Wenn wir die dauerhafte Brandung
der Gedanken geteilt haben,
wird eine Form der Leere sichtbar.

Dalai Lama

~*~

Der Delfin

Vor einiger Zeit hörte ich ein Lied, das von dem Baden im Wasser erzählte. Ich hatte meine Augen geschlossen, um diesem Lied zu lauschen. Danach öffnete ich sie und sah das Meer. Es war ruhig und umspülte ganz sanft meine Füße. Der weiche Sand unter meinen Füßen gab mir Geborgenheit und Halt.

Ich sang das Lied, den wunderschönen Ohrwurm, vor mich hin. Angezogen von dem warmen blauen Wasser ging ich hinein und schwamm vom Ufer in Richtung Horizont.

Ich hatte eine Tauchermaske und einen Schnorchel an, so dass ich die Unterwasserwelt deutlich sehen konnte. Es war sehr klares Wasser, in dem viele bunte Fische schwammen. Eine kleine Schildkröte kreuzte meinen Weg.

Nach einer Weile sah ich einen Delfin unter mir schwimmen. Dann tauchten immer mehr auf. Einer von ihnen kam sehr nahe an mich heran, so dass ich ihn fast berühren konnte. Aber ich spürte, dass ich das nicht tun sollte. Eine lange Zeit schwammen wir nebeneinander her.

Unsere Verbindung wurde immer intensiver. Ich fühlte, dass mein Herz immer wärmer wurde. Es wurde immer lichtvoller und heller, bis mich der Delfin in seine Welt mitnahm. Ich konnte die Welt mit seinen Augen sehen.

Gerade noch fühlte ich mich als Mensch, jetzt als Delfin, der nicht nur mit den Augen sah, sondern auch mit den Ohren, seinem Sonar und, was ich ganz besonders beeindruckend fand, mit seinem dritten Auge!

Es war nicht einfach die Welt im Außen, es war die Welt im Inneren. Nicht im Inneren des Delfins, sondern im Inneren des Kosmos, des Universums.

Er schien mit einer Welt verbunden zu sein, die für mich sonst nicht erreichbar schien, sehr, viel höher, jenseits aller Vorstellungskraft. Es war eine Welt voller Harmonie und Liebe. Es war ein Gefühl der tiefsten und zugleich höchsten Verbundenheit mit ALLEM.

Auf der einen Seite machte es mich traurig, was in unserer Welt alles möglich war, an Ungerechtigkeit und Gewalt. Auf der anderen Seite aber sah ich die vollkommene Liebe und Harmonie, die alles als ‚Alles ist Gott' annahm und nicht bewertete.

In unserer Welt war mir bei vielen Dingen nicht klar, warum sie geschehen und warum die große Liebe dies zuließ. Aber hier in dieser Ebene war es mir bewusst, dass die Erde nur auf diesem Wege aus ihrem Schlaf geweckt werden konnte.

Wenn ein Leben auf der Erde vergangen war und hier ankam, fand keine Verurteilung und Bewertung statt. Es wurde einfach angenommen, wie es war und die Seele wurde in die unendliche Liebe aufgenommen, in der sie sowieso war und ist.

Von hier konnte ich genau miterleben, wie die Beziehung zwischen den Menschen war. Waren zwei Menschen im Streit, vielleicht der eine von ihnen gewalttätig, so war dieses Geschehen ein Zusammenspiel von den beiden Menschen, die eine bestimmte Erfahrungen machen zu wollten. Bei beiden war es eine unbewusste Entscheidung, Täter oder Opfer zu sein. Nur ein Bruchteil der Menschen konnte das bewusst wahrnehmen. Und immer stand hinter allem die wunderbare große Liebe.

Es war immer noch nicht einfach für mich, zu erfahren, wie diese beiden an sich widersprüchlichen Ausprägungen zusammen passten. Verstehen konnte ich nicht, warum so etwas geschehen sollte, ebenso wenig, wieso Gewalt überhaupt auf der Erde stattfinden musste.

Der Delfin verstand anscheinend meine Fragen und er nahm mich weiter in eine noch höhere Welt der Liebe mit.

Irgendwie hatte ich Kontakt zu einem Bereich, in dem ‚geschrieben‘ stand, warum das so sein musste.

Wenn ich es richtig verstanden hatte, dann war die Erde ein Planet der freien Entscheidung, des freien Willens und jeder konnte machen, was er wollte. So wurden im Laufe der Generationen Gedankenwelten aufgebaut, die sich immer mehr von der großen Liebe trennten.

Nun waren die Gedanken schon seit je her auch nur Energien, die geformt - in Form gebracht wurden. Diese Formen wurden immer und immer wieder gedacht, genährt und manifestierten sich immer weiter. Gedanken formen die Energie und werden so zur Information.

Gedanken sind auch nur Energien.

Aber es war die Zeit gekommen, dass die große Liebe einen Wandel auf der Erde vollzog. Das geschah anscheinend in regelmäßigen Abständen. Hing das mit den Polsprüngen zusammen?

Die große Liebe brachte sich in den Planeten immer mehr ein und wandelte die Energien, brachte sie auf eine höhere Schwingung. Die Gedankenmuster, die Gewalt hervor brachten, waren in viel tieferen Frequenzen angesiedelt, so dass sie gewandelt wurden. Da aber diese Energien schon sehr lange auf der Erde existierten, hatten sie ein Eigenleben und jegliches Leben will am Leben bleiben!

Durch den Einfluss der großen Liebe blieb diesen Gedankenkonstrukten nichts anderes übrig, als sich mitzuwandeln oder den Weg des Widerstandes zu gehen. Der Widerstand entstand aber nur aus der Angst, nicht zu überleben. Also gab es ein Aufbäumen dieser Energie, die dann verstärkt zum Ausdruck kam. Aber nur ihr Ausdruck verstärkte sich, ihr Energielevel wurde immer kleiner! So wird dieser Energie keine andere Möglichkeit bleiben, als sich wieder der großen Liebe anzuschließen. Und sie wird es tun und sie wird merken, dass es der einzige mögliche und der einzige richtige Weg war.

Selbst die Menschen, die sich dieser Ausprägung der Energie hingaben waren im Grunde nur auf der Suche nach Liebe. Sie hatten nur einen Weg eingeschlagen, der die Schwingung nicht erhöhte, sondern sich noch weiter von dem Ziel entfernte. So entstand die Angst, die auf vielfältige Weise ihren Ausdruck suchte.

Diese Zeit war aber nun vorbei. Es war die Zeit der großen Liebe angebrochen und das Zeitalter des Getrenntseins war vorbei!

Die Zeit des Getrenntseins ist vorbei.

„Die Zeit des Getrenntseins ist vorbei", sagte ich laut.

Der Delfin brachte mich wieder in meine Welt, in meinen Körper zurück. Genau so sanft, wie er mich mitgenommen hatte. Wir schwammen noch eine lange Zeit nebeneinander her.

Dann sahen wir uns in die Augen und wir beide wussten, dass es eine Beziehung zwischen uns gab, die viel tiefer war, als ich je eine Beziehung kennen lernte. Eine Beziehung noch viel tiefer als in das Herz! Das ist die Botschaft der Delfine.

Glücklich und voller inneren Friedens schwamm ich zum Strand zurück und legte mich in den warmen Sand. Ich spürte die Sonne auf meiner Haut, die mich wärmte bis tief in meine Seele.

In der Kammer

Als er seine Augen öffnete, war er wieder in der Kammer. Instinktiv ging er zum Bücherregal und nahm das Buch der Krafttiere in die Hand.

„Delfin: Bewahrer des heiligen Atems, stellt die Verbindung zur universellen Liebe her", las er vor.

Der Delfin war das Krafttier für die Lebensfreude und die Harmonie. Die Verständigung, Aufmerksamkeit, Feinfühligkeit und Lebensfreude waren Eigenschaften, die Lucas durch den sehr engen Kontakt zu ihm empfinden durfte; er durfte eins mit ihm sein, er durfte Delfin sein!

Ihm fiel der Kontakt zu den Delfinen auf Hawaii wieder ein:
Er schnorchelte und unter ihm sah er zwei Delfine, die sehr nahe bei ihm schwammen. Er spürte sofort den innigen Kontakt. Von hinten kamen zwei Schwimmer, die sehr laut schwammen und sich sehr laut unterhielten. Die Delfine schwammen davon. Der Kontakt dauerte zwei bis drei Sekunden, war aber so intensiv, dass er ihn noch immer intensiv spürte.

Er schloss das Buch, stellte es zurück und setzte sich auf einen Stuhl und richtete seine Aufmerksamkeit nach innen. Die Freude über die Verbindung zu den Delfinen übermannte ihn und er begann zu weinen. Freudentränen, die langsam die Wange herunter liefen und seine Lippen benetzten. Sie schmeckten salzig und es tat ihm gut. Die vielen Eindrücke fanden ihren Weg nach außen um sich manifestieren zu können.

*Wie du das Leben und die Liebe
und die Freude teilst, ist wichtig,
nicht wohin du gehst und wen du triffst.*

Leise sagte Lucas: „Und so sagt der Delfin, es ist der Weg, der wichtig ist und nicht das Ziel. Wie du das Leben und die Liebe und die Freude teilst, ist wichtig, nicht wohin du gehst und wen du triffst. Halte dich nicht am Resultat fest, das kann dich blockieren. Lasse das Leben fließen und Wunder werden wahr. Du wirst immer mehr den Reichtum des Lebens fühlen und die Freude am Leben."

Lasse das Leben fließen und Wunder werden wahr.

Er blickte zum Altar, der immer leuchtender wurde, immer heller und lichtvoller.

„Er ist ein Spiegel von dir", hörte er die sanfte und liebevolle Stimme. Wieder traten Tränen hervor. Wieder fühlte er sich überwältigt von der Weisheit, die durch ihn floss und von der er so viel lernte.

Lange Zeit saß er dort und fühlte sich rundum wohl und ausgeglichen. So, wie er sich schon lange Zeit nicht mehr gefühlt hatte.

Dann spürte er, dass die nächste Reise bevorstand und ging zum Altar. Wieder die sanfte Berührung des Goldes, das sich warm anfühlte. Bisher hatte er nicht darauf geachtet, aber diesmal war die Wärme sehr deutlich zu fühlen.

~*~

Ich bin der Wahrheit verpflichtet,
wie ich sie jeden Tag erkenne,
und nicht der Beständigkeit.

Mahatma Gandhi

~*~

Hawaii

Plötzlich befand ich mich in einem sehr stimmungsvollen Raum. Die Wände waren in einem warmen Ton gehalten, die Decke etwas heller. In der Mitte stand eine Massageliege und es duftete nach warmem Massageöl, dessen Düfte sehr harmonisch aufeinander abgestimmt waren.

Noelani, eine Frau, dessen Name die Schöne aus dem Himmel bedeutete und ein Mann Namens Nalani, was ‚Ruhe der Himmel' bedeutete, kamen herein. Sie waren in Umhänge gekleidet und lächelten mich an. Noelani ging zu einem kleinen Tisch, auf dem mehrere Utensilien lagen.

Mit einer kleinen Schale kam sie auf mich zu und bot mir etwas Salz aus der Schale an. Ich nahm eine Prise zwischen Daumen und Zeigefinger und legte es vorsichtig auf meine Zunge.

Als ich meine Augen schloss, begannen beide zu summen. Ich fühlte mich sehr verbunden mit der Erde. In diesem Moment erinnerte ich mich an die Lomi Lomi Nui Massage, die Hawaiianische Tempeltanz Massage, die ich zu Hause genossen hatte. Das Salz wurde mir gereicht, um mich mit der Mutter Erde zu verbinden.

Langsam wurde das Summen immer leiser und ich öffnete meine Augen.

Nach ein paar weiteren Vorbereitungen sollte ich mich entkleiden und mich auf den Bauch auf die Liege legen. Sie war sehr warm und es war sehr angenehm. Musik wurde nicht gespielt, dafür begannen sie in ein Lied einzustimmen. Vorher sprachen sie noch ein Gebet:

„Auhea na aumakua
Na akua
Na Kahuna
Na Kupua

Aloha Mai
Hiki Mai
Hele Mai

E Ho ómai ka i
I Ka Wahine Keia
I Ke Kane Keia

I Ke Aloha

I Ke Kala

I Ka Malu

I Ka Mana

I Ka Pono

Aloha No! Aloha No! Aloha No!"

Dieses Gebet brachte mich in Sphären, die ich vorher noch nicht kannte, die ich vorher noch nicht besuchen konnte. Ich wurde entführt in Welten voller Harmonie, voller sanfter Farben und Düfte. Mein Herz blühte auf. Es war eine ganz andere Welt als die, in die mich der Delfin brachte. Es schienen viele wunderbare Welten zu existieren, die wir uns in unserer Welt nur schwer vorstellen konnten und doch hatten wir Sehnsucht nach ihnen.

Noch mehr blühte es auf, als ich das warme Öl auf meiner Haut spürte. Es lief langsam die Haut hinab und tropfte auf die Liege. Synchron begannen beide mit der Massage. Ich war einfach hin und weg!

Eine derartige Liebe und Tiefe hatte ich bei einer Massage noch nicht erlebt. Beide berührten mein Herz, berührten meine Seele. Ich blühte förmlich auf und wir wurden eins. Gemeinsam wurden wir in noch weitere Tiefen, in noch weitere Ebenen der Liebe getragen.

Ich spürte, wie ich alles Alte und Vergangene loslassen konnte. Es wurde einfach weg gestrichen.

Nach einer langen Zeit – so sagte man mir später, denn mir kam sie sehr kurz vor – sollte ich mich umdrehen.

Meine Vorderseite stand für die Gefühle und Erinnerungen. Auch hier waren wir drei eine Einheit. Ganz besonders wurde darauf geachtet, dass mein Bauch eine sanfte, entspannende Massage bekam.

Ich fühlte mich wohlig wie ein Baby im Mutterleib.

Völlig gereinigt und voller Energie lag ich noch lange auf der Liege, selbst als die Massage durch das Gebet beendet wurde.

Nalani übersetzte:

> „Hört, ihr göttlichen Vorfahren
> Hört ihr Götter
> Hört ihr Meister
> Und Schamanen
>
> Kommt mit Liebe
> kommt schnell
> kommt her
>
> Gebt den Segen
> diesem Manne
>
> Mit Liebe
> Mit Freiheit
> Frieden zu schaffen
> Mit Kraft
> Mit Weisheit
>
> Liebe ist alles, Gott ist alles, alles ist Liebe."

Sie begleiteten mich in einen Nebenraum, der genau so schön gestaltet war. Dort konnte ich mich ausruhen. Als sie beide gingen, duschte ich mich kurz ab und legte mich ins Bett. Ich schlief die ganze Nacht und träumte von wunderschönen Blumen, Düften und Landschaften.

Am nächsten Morgen wurde ich sanft geweckt. Das Frühstück schmeckte köstlich.

Danach begann meine nächste Lektion: die sieben hawaiianischen Grundsätze.

„Die sieben hawaiianischen Grundsätze sind Ike, Kala, Makia, Manawa, Aloha, Mana und Pono", sagte Noelani. „Unsere Huna Schamanen arbeiten heute genau so wie schon zu Urzeiten. Nalani wird sie dir erläutern."

„Ike", begann Nalani, „steht für die Welt. Sie ist genau so, wie du denkst. Sie ist genau so, wie du sie siehst oder sehen willst. Du selber kannst bestimmen, worauf du deinen Fokus legst und so wird die Welt sein.

Alles ist ein Traum. Die Huna Schamanen glauben, dass das Leben eine andere Form des Traumes ist. Sie glauben, dass wir auf unterschiedlichen Ebenen verschiedene Träume träumen. Alles ist Energie. Wenn du mit der Hand gegen eine Wand schlägst, dann triffst du nicht das Material, sondern die Energie. Die Spektren der Wand und deiner Hand sind so dicht beieinander, dass sich die Energien gegenseitig beeinflussen. Dein Gehirn interpretiert es als das Treffen der Wand.

Genau so ist es, wenn du ein schönes Bild betrachtest oder Musik hörst. Du betrachtest nicht wirklich das Bild, sondern die Energie. Du hörst nicht wirklich die Musik, sondern nimmst die Energie wahr und beides interpretierst du.

Der einzige Unterschied für uns zwischen Traum und Realität ist, dass andere die gleichen Erfahrungen machen wie wir.

Daraus ergibt sich als die Wahrheit, was du als Wahrheit definierst. Und daraus wiederum ist es nicht die Frage, ob etwas die Wahrheit ist oder nicht, sondern die wirkliche Frage ist, wie gut arbeitet die Wahrheit für dich!

Die Wahrheit ist, was du als Wahrheit definierst.

Was auch immer du liest oder hörst, nehme es an als Hypothese und prüfe es. Wenn es stimmig ist, nutze es und integriere es. Wenn es nicht stimmig ist, dann verwerfe es und gehe zur nächsten Hypothese.

Kala bedeutet, dass es keine Grenzen gibt. Es geht um die Grenzenlosigkeit, die Freiheit. Das bedeutet, dass Situationen verändert und Spielregeln neu definiert werden können. Selbst Grenzen können verschoben werden.

Bei den hawaiianischen Schamanen wird es wörtlich genommen. Es gibt keine Limits, keine Grenzen. Wenn wir in einem unendlichen Universum leben, dann gibt es unendlich viele Möglichkeiten und Realitäten. Die Begrenzungen in deiner Realität sind deine eigenen Grenzen, die du dir auferlegst. Sie können überwunden werden, wenn dir das bewusst wird.

Wenn wir in einem unendlichen Universum leben,
dann gibt es unendlich viele Möglichkeiten und Realitäten.

Wenn zum Beispiel ein Kind dauernd als unordentlich bezeichnet wird, so wird es unordentlich sein. Wird es als schlecht bezeichnet, so wird es schlecht sein. Und alle Psychologen werden das bestätigen. Das Kind wird in einer Umgebung leben, in der die Gefühle und die Grenzen bis in sein Erwachsenenalter hinein behalten werden, vielleicht sogar für immer. Die Beziehungen, der religiöse Glauben, die Shows, die dieser Mensch sich ansieht, spiegeln das wider, was wir über uns selbst und unseren Begrenzungen glauben.

Der hawaiianische schamanische Glaube aber sagt, dass du das ändern kannst. Diese Kinder haben auch später im Erwachsenenalter die Chance, ihr eigenes Glaubensmuster, ihre eigenen Begrenzungen zu verlassen und zu ändern. Es gibt keine Grenzen. Vergesse deine Gedankenmuster, dass du es nicht kannst, frage dich stattdessen: ‚Was würde ich tun, wenn ich wüsste, dass ich es schaffe?'

Makia sagt, dass die Energie deiner Aufmerksamkeit folgt. Wenn du deine Aufmerksamkeit auf einen Körperteil lenkst, dann fließt dorthin auch die Energie. Je besser du dich konzentrierst, desto besser kannst du die Aufmerksamkeit, die Energie lenken und einsetzen.

Werde zum Regisseur deines Lebens. Wenn du einen Aspekt einer Situation fokussierst, dann verstärkst du seine Energie. Wenn du zum Beispiel glaubst, dass du nicht die Kraft hast, dein Leben zu ändern, dann manifestierst du das.

Vielleicht träumst du eines Tages, dass du einen magischen Stein siehst, der deine Wünsche erfüllen kann. Ich werde dir ein Geheimnis verraten: Du hast diesen Stein immer in dir in der Form von deinem Geist und deiner Konzentration. Alles ist Energie und dein Geist ist dazu in der Lage, die Energie zu lenken.

Wenn du deinen Geist fokussierst, transformierst du die unendliche Energie in einen Kanal der Erschaffung, der Schöpfung. Du wirst zum Prisma, das das Licht fokussiert und in eine Regenbogenwelle wandelt.

Wenn du deinen Geist fokussierst,
transformierst du die unendliche Energie
in einen Kanal der Erschaffung,
der Schöpfung.

Du bist sehr kraftvoll und deine Energie erzeugt deine Situationen und zieht die entsprechenden Menschen in dein Leben.

Wenn du deine Gedanken meisterst, verteilst du die Karten an die Dinge und Menschen in deinem Leben neu. Du wirst der Regisseur in deinem Leben.

Manawa bedeutet, dass der jetzige Augenblick der Augenblick der Macht ist. Du lebst nicht in der Vergangenheit und auch nicht in der Zukunft. Du lebst nur in der Gegenwart. Und von hier aus kannst du die Vergangenheit und die Zukunft ändern.

Du lebst nur in der Gegenwart. Dein Leben ist jetzt.

Nach dem östlichen Glauben werden deine jetzigen Umstände dem Karma zugeordnet. Das, was du in der Vergangenheit getan hattest, hatte zu deiner jetzigen Situation geführt und du bist machtlos dagegen. In der westlichen Welt dagegen sind deine Umstände zurückzuführen auf deine Stellungen, Vererbung und Erziehung.

Die hawaiianischen Schamanen dagegen sagen, dass du es allein bist, der deine Umstände geformt hat, wie deine Überzeugungen, deine Entscheidungen und deine Handlungen. Deine Umstände in diesem Moment sind das Resultat deiner eigenen Handlungen und nicht die Erziehung oder deine Vergangenheit. Du bist es, der dein Leben in der jetzigen Form aufrechterhält.

Erinnere dich daran, dass die Vergangenheit vorüber ist. Die wissenschaftlichen Forschungen haben keinen Weg zurück in die Vergangenheit gefunden. Das gesamte Universum hat dafür keinen Weg vorgesehen.

Dein Leben ist jetzt. Jetzt ist der Moment der Kraft, jetzt ist der Moment, es neu auszurichten. Der Rest deines Lebens beginnt nun.

Du kannst deine physische Zukunft ändern, indem du jetzt handelst und du kannst deine Gefühle und dein Körpergedächtnis bezüglich der Vergangenheit ändern, das dich jetzt beeinflusst.

Aloha heißt lieben. Je mehr du liebst, desto mehr nehmen Urteilen und Verurteilen ab. Aloha heißt auch, einen anderen Menschen zu grüßen und das Hier und Jetzt mit ihm zu teilen. Es bedeutet auch, dass du mit dem, was du hast, glücklich sein kannst.

Aloha ist die kreative Kraft der Liebe. In der Tradition der Huna ist die Liebe ein heiliger Aspekt. Es ist das Geschenk, das wir geben und das Geschenk, das wir empfangen. Das ist nicht gleich bedeutend mit dem intellektuellen Wertausgleich, es bedeutet viel mehr. In der Huna Tradition ist es der tief greifende Aspekt der Unendlichkeit.

Die Schwingung der Energie der Liebe ist die höchste Schwingung, die wir erfahren können. Wenn du die Welt mit den Augen der Liebe siehst, wirst du deine Realität in ein neues Paradies bringen.

Die Schwingung der Energie der Liebe
ist die höchste Schwingung, die wir erfahren können.
Wenn du die Welt mit den Augen der Liebe siehst,
wirst du deine Realität
in ein neues Paradies bringen.

Aloha bietet uns die Möglichkeit, den Himmel auf die Erde zu bringen, egal wo wir sind.

Die Liebe wächst in dem Maße, in dem du die Verurteilungen aufgibst.

Der Respekt gegenüber allem macht dich stärker. Nach dem ersten Grundsatz ‚Ike' ist die Welt, wie du denkst, dass sie ist. Es gibt kein Getrenntsein von deiner inneren und deiner äußeren Welt. Sobald du etwas im Außen anerkennst und lobst, anerkennst und lobst du dich selber. Und das macht dich stärker.

Sobald du etwas im Außen anerkennst und lobst,
anerkennst und lobst du dich selber.
Und das macht dich stärker.

Für den Huna Schamanen ist das Leben überall, im Menschen, in den Tieren, in den Pflanzen ebenso wie in den Steinen. Für ihn sind es unterschiedliche Manifestationen des Lebens. Das ist bedingt aus dem zweiten Grundsatz Kala: Es gibt keine Grenzen, alles ist möglich."

Nalani machte eine Pause.

„Mana heißt, dass alle Macht von innen kommt. Es bedeutet Autorität. Du bist der Autor, der erschafft. Es geht darum, deine innere Autorität zu nutzen.

Das zweite Prinzip Kala sagt aus, dass es keine Grenzen gibt. Das Universum und die Urquelle sind unendlich. Wenn du nun die unendliche Energiequelle in einzelne Teile teilst, dann enthält jedes Teil die unendliche Kraft, wie ein Hologramm, dass in jedem Teil das Ganze enthält.

Genau so ist es, wenn du eine zweite Kerze an der ersten Kerze anzündest. Die Flamme der ersten Kerze bleibt, wie sie ist, sie wird dadurch nicht kleiner."

Wieder machte Nalani eine Pause.

„Was sind die Konsequenzen daraus?

Nichts geschieht, ohne dass du es bestimmt hast. Nichts geschieht mit dir, was du nicht selbst kreiert oder angezogen hast.

Du bist der einzige, der deine Erfahrungen bestimmen kann. Niemand hat Macht über dich, außer du gibst sie ihm. Niemand kann dich verletzen oder unglücklich machen, außer du hast andere dazu eingeladen.

Es gibt keine Opfer und keine Unschuldigen. Jederzeit kannst du dich selber als Opfer definieren und anderen die Kraft dazu geben. Das kannst du aber nicht wirklich, sondern du kannst nur die Illusion dazu aufbauen.

Pono steht für die Lösung. Für jedes Problem gibt es mehrere Lösungen. Probiere mehrere unterschiedliche Wege und du wirst flexibel werden und deinen Erfahrungsschatz und deine zukünftigen Möglichkeiten erweitern.

Der wichtigste Faktor erfolgreicher Menschen ist die Flexibilität. Wenn der eine Weg nicht funktioniert, dann nehme einen anderen Weg. Gib nicht gleich nach den ersten Versuch auf.

Denke auch daran, dass du ein Problem niemals mit dem gleichen Gedankengang lösen kannst, mit dem es entstanden ist.

Je mehr du dich löst, desto mehr bist du mit dir selbst verbunden. Das führt zum Ganz sein und zur Heilung.

Dich selbst zu heilen ist das letztendliche Ziel.

Dich selbst zu heilen ist das letztendliche Ziel.

Um zu erfahren, welcher Weg der richtige für dich ist, musst du auf deine Emotionen hören. Wenn du Freude, Liebe, Fülle, Frieden oder ein anderes erhebendes Gefühl empfindest, dann wird dieser ein guter Weg für dich sein. Daran zu arbeiten kann harte Arbeit sein, aber wenn du dich danach erhoben fühlst, hast du den besten Weg für dich gefunden."

Das war eine lange Lektion für mich mit viel neuem Wissen. Ich wurde in meinem Raum wieder alleine gelassen, um das Erlernte zu integrieren. Es vergingen mehrere Tage, die ich in Einsamkeit, in der Stille, nur mit mir selbst in Kontakt verbrachte. Mein Weltbild musste sich erst wieder neu sortieren. Instinktiv spürte ich in mir, dass dies die Wahrheit war, denn mir wurde bewusst, dass ich dies in meinem Leben so erfahren hatte.

Ich blieb so lange in diesem Raum, bis ich einmal kurz blinzelte. Dann war ich wieder in der Kammer.

In der Kammer

Völlig entspannt, völlig losgelöst von seinen Gedankenmustern und Glaubenssätzen stand er wieder in der Kammer. Er sah sie jetzt mit anderen Augen. Die Stühle, die er bisher erfahren durfte, leuchteten viel heller und waren viel farbenfroher.

Der Altar sah noch viel glänzender und sanfter aus als vorher und das Farbenspiel der Bilder an den Wänden faszinierten ihn. Es war, als ob er eine neue Kammer vorgefunden hätte.

Als er auf den Altar blickte, konnte er sein Spiegelbild sehen. Er sah sich, sah in seine Augen, die den direkten Weg zu seiner Seele zeigten. Er sah die unendliche Liebe, das unendliche Wissen.

Selbst als er seine eigene Hand ansah, war sie viel klarer und leuchtender. Sie strahlte förmlich die Energie ab, besonders im Bereich des Handchakras.

Lucas setzte sich auf einen freien Stuhl und sah vor seinem inneren Auge das Gesicht von Thich Nhat Hanh, der sagte: „Zu sitzen bedeutet, ganz präsent zu werden, ganz lebendig inmitten der Wunder des Lebens."

Lucas setzte sich und spürte in seine Worte hinein.

„Höre auf die Worte des Meisters, schüttele sie so lange, bis kein Buchstabe mehr vorhanden ist – dann erkennst du die Essenz", hörte er die sanfte und liebevolle Stimme, die ihn sehr beruhigte und noch weiter in sein Innerstes begleitete.

Höre auf die Worte des Meisters,
schüttele sie so lange, bis kein Buchstabe mehr vorhanden ist –
dann erkennst du die Essenz.

Etwas später betrachtete er die Stühle, die jeder für sich eine Lektion waren. Jeder beinhaltete neue Erkenntnisse und Fertigkeiten, die er in seinem Leben nutzen konnte. Aber er hatte auch jederzeit die Wahl, sie zu nutzen oder sein bisheriges Leben weiter zu leben. Er hatte immer die freie Wahl!

Ein Blick auf den Altar sagte ihm, dass die vorletzte Reise beginnen solle. Er stand auf, ging zum Altar und berührte ihn.

~*~

Humor ist keine Gabe des Geistes,
er ist eine Gabe des Herzens.

Ludwig Börne

~*~

Die Schlange

Als ich diesen Ort besuchte, war ich im ersten Moment sehr erschrocken. Ich stand direkt gegenüber einer riesigen Schlange. Langsam versuchte ich, einen Schritt zurück zu gehen, aber es gelang mir nicht. In mir stieg immer mehr Panik auf!

Aber, kurz bevor ich die Kontrolle verlor, verschwand die Schlange und vor mir stand Michikinikwa, der mich beruhigte. Nach ein paar tiefen Atemzügen konnte ich relativ ruhig ihm gegenüber treten.

Michikinikwa nahm mich an die Hand und führte mich zu einem Lagerfeuer, an dem auch Itzamná, Coniraya, Zehra und Norgye saßen. Sie sahen mich freundlich an. Ich setzte mich zu ihnen.

Es wurde ein Becher mit einem wunderbar weich schmeckenden Getränk herumgereicht. Jeder nahm einen Schluck.

„Du hast die Schlange gesehen und du hast dich gefürchtet", begann Michikinikwa.

Nach einer Pause: „Die meisten Menschen fürchten sich vor der Schlange. Dabei steht die Schlange bei vielen Völkern als Symbol für positive Eigenschaften. Wir sind hier her gekommen, um dir etwas über die Schlange zu erzählen."

Ich machte es mir gemütlich, da alle, bis auf Zehra, meine bisherigen Lehrer waren. So nahm ich an, dass es länger dauern könnte.

Michikinikwa begann, indem er ein Lied sang. Er stimmte mit tiefem Ton an, um dann den Ton zu erhöhen. Langsam ließ er das Lied ausklingen.

„Bei uns Indianern werden die Schlangen verehrt. Sie haben eine große Bedeutung für uns.

So wird alle zwei Jahre ein Schlangentanz aufgeführt. Er dauert neun Tage. Diese Zeremonie ist verbunden mit der Bitte um Regen und eine gute Ernte.

Zum Abschluss der Zeremonie bestreuen die umstehenden Frauen die Schlangen, meist Klapperschlangen, mit Mehl. Der Medizinmann segnet sie mit einer Feder und entlässt sie danach wieder in die freie

Natur. Das ist immer verbunden mit der Hoffnung, dass der Regen zurückkommen möge."

Michikinikwa nahm meine Hand, wir schlossen die Augen und er nahm mich mit in diesen Tanz. Zunächst fand ich ihn irritierend, dann zunehmend berauschend, so dass ich in die tiefen des Tanzes hineingezogen wurde. So halb in Trance konnte ich mit ihnen tanzen und die euphorische Stimmung genießen. Am Ende des Tanzes war ich davon überzeugt, dass der Regen und die reiche Ernte kommen würden.

„Der Lernprozess der Schlange", fuhr Michikinikwa fort, „besteht darin, dass Schlangen-Menschen, also Menschen, die im Zeichen der Schlange geboren wurden, Geduld und Flexibilität für die Verwirklichung ihrer Träume und Ideen entwickeln sollen. Sie sollen auch ihre Entschlossenheit zügeln und stattdessen Sensibilität entwickeln.

Als weitere Aufgabe geht es um die Entwicklung der inneren Stärke für ihre Aufgaben. Sie dient der Transformation und der persönlichen Entwicklung, die für diese Aufgaben benötigt werden.

Und das alles mit Humor! Humor und Spaß sind wichtige Lernpunkte des Schlangen-Menschen. Dadurch wird das Leben und das Lösen der Aufgaben viel leichter."

Durch Humor wird das Leben viel leichter.

Dabei sah Michikinikwa mich lächelnd an. Ich sah ihm tief in die Augen und verstand: Ich war ein Schlangen-Mensch! Wir drehten uns wieder zum Feuer um und genossen einen weiteren Becher des köstlichen Trankes.

Norgye ergriff als nächster das Wort.

„Bei den Buddhisten wird die Schlange oft an Treppen dargestellt. Die Naga Schlange stammt ursprünglich aus der hinduistischen Mythologie Indiens.

Sie gilt als Wächter und Beschützer der Weisheit und der geistigen Schätze."

Die Schlange gilt als Wächter und
Beschützer der Weisheit
und der geistigen Schätze.

Norgye sah mir tief in die Augen, nahm meine Hand und wir schlossen die Augen.

Er nahm mich mit zu einem Platz, an dem Buddha unter einem Bodhibaum saß, an dem er für seine Erleuchtung meditierte. Als der siebenköpfige Nagakönig Mucalinda Unwetter und Regen aufkommen sah, legte er sich sanft um Buddha und bildete mit seinen sieben Köpfen einen Schirm.

Nach einer ganzen Weile kamen wir wieder in den Kreis zurück.

„Schlangen verehren, dienen und beschützen den Erleuchteten", endete Norgye.

Wieder drehten wir uns zum Feuer um und wieder tranken wir einen Becher des Getränkes.

Zehra aus Ägypten sah mich an. Ich kannte sie bisher nicht. Aber dennoch kam sie mir sehr vertraut vor. Sie ergriff mit ihrer sanften und liebevollen Stimme das Wort.

„Die Schlange wirft ihre Haut ab. Jedes Mal, wenn sie wächst und ihre alte Haut zu eng wird, wird das Alte abgelegt und das Neue tritt zum Vorschein.

Deshalb gilt sie bei uns als Symbol für den Tod und die Wiedergeburt. Dieser Zyklus wird durch den Uroboros dargestellt, einer Schlange, die sich selbst über ihren Schwanz verschlingt und damit für das Symbol der Unendlichkeit steht.

Die Uroboros Schlange wird vor dem Dritten Auge getragen und symbolisiert einen Zustand der Erleuchtung und Einweihung. Sie gilt als Auge des Horus und des Gottes Ra."

Zehra sah mir tief in die Augen und ich konnte in ihr drittes Auge sehen. Ich sah die Uroboros Schlange und ich sah ihre Erleuchtung.

Ich sah ein leuchtendes Engelwesen, dass im Lichte des Kosmos erstrahlte und Sterne zum Leuchten brachte. Sie wog sich leicht in den sphärischen Klängen und teilte dieses Gefühl mit mir.

Lange sah ich sie an, bevor ich mich wieder dem Feuer zuwandte. Tief berührt kamen die Tränen, die zum Boden fielen. Sie formten in dem Sand kleine Krater.

Auch diesmal tranken wir das Getränk. Es schmeckte mit jedem Male köstlicher. Itzamná nahm eine kleine Feder und begann zu erzählen:

„Bei uns, den Mayas, werden die Schlangen gefiedert dargestellt."
Er schwenkte leicht die kleine Feder.

„Sie symbolisiert den größten Gott Quetzalcoatl. Dieser Mythos stellt den sterbenden Gott dar, der wiederkehren wird und er steht für das mystische Verständnis.

Der Name Quetzalcoatl bedeutet, dass das Höchste und das Niedrigste in einem Körper vereint werden. Und das bedeutet Verwirklichung."

Er gab mir die kleine Feder, die er in seiner Hand hielt, wie ein heiliges Symbol. Ich konnte nicht anders und schloss meine Augen.

Sofort schien ich zu fliegen, getragen von der gefiederten Schlange. Sie trug mich von hellen zu dunkeln Welten und zu deren Vereinigung des Göttlichen, das in hellem Licht aufging. Durch meinen gesamten Körper, durch alle Gedanken und durch alle meine Emotionen strömte dieses Licht und wandelte sämtliche Ängste und Zweifel in mir. Ich leuchtete von innen und war eins mit der Schlange, mit Quetzalcoatl, mit dem Sein!

Sanft wurde ich von Itzamná zurück in den Kreis geholt. Von diesem Licht unendlich tief berührt, ließ ich meinen Tränen freien Lauf.

Sie saßen alle am Feuer und betrachteten es. Indem sie in ihren Herzen waren, trugen sie mich und fingen mich auf. Nach sehr langer Zeit nahm Michikinikwa seine Pfeife, zündete sie an und reichte sie in der Runde herum.

„Schaue dir den Altar in der Kammer an, wenn du gleich wieder zurück sein wirst. Schaue ihn dir genau an und du wirst verstehen", sagte Michikinikwa.

Ich schaute ihn an, musste einmal kurz blinzeln und war wieder in der Kammer.

In der Kammer

In der Kammer schaute Lucas sich gleich um. Er wollte verstehen und suchte. Aber er fand nichts, weil er suchte, denn wer sucht findet nicht! Nur derjenige, der sich auf das Finden ausrichtet, wird auch finden!

> Wer sucht, findet nicht.
> Nur derjenige, der sich auf das Finden ausrichtet,
> wird auch finden.

So setzte er sich auf den letzten freien Stuhl, schloss seine Augen und schlief ein.

Nach unendlich vielen Stunden wachte er auf. Er wusste im ersten Moment nicht, wo er war. Er war noch nicht ganz wach.

Aber nachdem er sich gesammelt hatte, fiel es ihm wieder ein. Zurück von seiner Schlangenreise wollte er verstehen. Michikinikwa hatte gesagt, dass er, sobald er in der Kammer wäre, verstehen würde. Er stand auf und ging zum Bücherregal.

„Ich glaube, er hat mich überschätzt", sagte er, denn er verstand nicht.

„Uroboros, die Schlange, die sich selbst in den Schwanz beißt. Sie symbolisiert unser kollektives Unbewusstes in einem dynamischen und einem statischen Aspekt der Ganzheit: Diese Ambivalenz kommt darin zum Ausdruck, dass die Schlange sich selber auffrisst, aber auch gleichzeitig gefressen wird. Sie gebiert und wird gleichzeitig geboren", las er aus einem kleinen Buch vor, dass er aus dem Regal genommen hatte.

In dem Buch über Krafttiere stand, dass sie die Trägerin der Schöpfungsenergie sei und dass es für sie keine Geheimnisse gäbe. Sie stehe auch für Wiedergeburt, Auferstehung, Einweihung und Weisheit.

„Im Wandel der Zeit - mach dich bereit! - trete ich auf den Plan, denn es steht Großes an. Ich verleihe dir Macht und Ehre, gehst du bei mir in die Lehre. Lass mich tanzen in deinem Sein, ich fordere die Priesterschaft in dir ein", las er wieder vor.

„Die Schlange häutet sich und steht für Wandlung, vitale Lebensenergie und Intuition. Wenn sie uns begegnet, weist sie darauf hin, dass wir der Kraft in uns nicht aus dem Wege gehen, sondern sie in unser Leben integrieren sollen. Dies wird unserer und der Heilung anderer Menschen dienen."

Er las das Kapitel nicht bis zum Ende durch, klappte das Buch zu und stellte es zurück.

„Kundalini", hörte er die sanfte und liebevolle Stimme, die ihn jedes Mal tief berührte.

In einem anderen Buch las er: „Kundalini ist die Kraft im Menschen, die sich am unteren Ende der Wirbelsäule befindet und symbolisch wie eine zusammengerollte Schlange dargestellt wird. Sie kann erweckt werden und steigt die Wirbelsäule nach oben und durchstößt dabei die Chakren. Ist sie oben angelangt, erhält der Mensch höchstes Glück.

Bei spontanem erwachen der Kundalinikraft können Fieberschübe und Visionen auftreten. Es kann auch ein Wärmegefühl entlang der Wirbelsäule damit verbunden sein.

Sie kann auch durch spezielle Yoga-Übungen erweckt werden."

Er setzte sich wieder auf den Stuhl. Lange saß er dort, bis er wieder einschlief.

Nach ein paar Stunden wachte er auf und hatte gleich eine Frage auf der Zunge: „Kann es ein Mensch überhaupt aushalten, so viele Lernerfahrungen auszuhalten, ohne eine entsprechende und notwendige Integrationszeit? Muss man sich dazu häuten, wie die Schlange?"

Es zog ihn zum Altar. Die elf Symbole waren wie in einer Schlangenlinie angeordnet. Ein Symbol fehlte noch. Das würde nach seiner letzten Reise erscheinen, war er sich sicher.

„Die letzte Reise", sagte er wehmütig. „Dann ist es vorbei! Oder beginnt es dann? Beginnt dann das Abenteuer Leben?"

Wieder vernahm er die sanfte Stimme: „So ist das Leben. Abschnitte kommen und Abschnitte gehen. Das ist der Wandel."

Es interessierte Lucas schon, wer diese sanfte und liebevolle Stimme hatte. Aber er war zu traurig, um weiter diesem Gedanken zu folgen.

Er sah auf den Altar und begann zu verstehen. Er begann zu verstehen, dass diese letzte Reise nicht der Abschied war, sondern der Beginn! Die Wehmut, die er bei jedem Abschied hatte, spürte er auch hier wieder. Aber auf der anderen Seite war er voller freudiger Neugier!

Lucas berührte den Altar an einer Stelle, an der das letzte Symbol seiner Reise auftauchen würde.

~*~

Leben und Tod sind eins, sowie der Fluss und das Meer eins sind.
Traut den Träumen, denn in ihnen ist das Tor zur Ewigkeit
verborgen.

Khalil Gibran

~*~

Abschied ist ein Beginn

Ich kam wieder zu den Indianern, zu Michikinikwa.

Gerade als ich ankam, sangen die Indianer: „Hey, hey, hey, hey, hey unguwa."

Nach kurzer Zeit konnte ich mit einstimmen. Es war ein berührendes Lied, das als Willkommenslied gesungen wurde. Wir sangen und sangen. Das Lied schien kein Ende zu nehmen.

Danach war Ruhe. Michikinikwa zündete seine Pfeife an und reichte sie in die Runde. Es waren vielleicht dreißig Indianer in dem Kreis - und ich mitten unter ihnen!

In der Mitte des Kreises loderte das Lagerfeuer. Es war Nacht und der Sternenhimmel leuchtete. Eine laue Nacht mit ganz leichtem Wind, der den Rauch der Pfeife sanft nach Osten ziehen ließ. Es war eine friedvolle Stimmung. Niemand sagte etwas. Es wurde nur die Friedenspfeife geraucht. Das Feuer knisterte leise.

Keiner mochte diese beruhigende Stille durch Worte unterbrechen. Zu tief war das Lied in die Herzen gedrungen. Zu tief hatte es mich berührt, so dass auch ich keine Worte finden mochte. So schien es auch den anderen zu gehen. Sie saßen am Lagerfeuer und blickten mit ganz sanften Augen hinein.

In ihren Augen konnte ich das Feuer flackern sehen. Ich konnte in ihren Augen meine Stimmung sehen. Das Feuer war riesig und doch sanft und liebevoll. Wir konnten trotzdem einander betrachten und uns fühlen.

Michikinikwa machte den Anfang und nahm meine Hand. Er nahm auch die Hand des Indianers zu seiner Rechten. Der Kreis wurde geschlossen.

Die Energie zwischen uns wurde immer stärker, immer heller. Das Feuer war in der Mitte und brachte die Lichtsäule zum Himmel. Unsere Füße berührten die Erde und wir verbanden uns mit ihr. So hatten wir eine Verbindung zur Erde und zum Himmel geschaffen.

Wir waren an einem Ort, an dem der nächste Schritt stattfinden konnte - so sagten es die Naturvölker, alle Naturvölker, die den Kontakt zu Mutter Erde und zum Vater Himmel noch spüren konnten.

Der nächste Schritt konnte getan werden!

Wir ließen einander los, aber die Lichtsäule blieb. Wir blieben verbunden, der Kreis blieb geschlossen.

In mir tauchten die Bilder meiner wunderbaren und lehrreichen Reisen wieder auf.

Als ich Michikinikwa zum ersten Mal sah, war er mir noch fremd. Aber jetzt fühlte ich, dass wir uns schon seit ewigen Zeiten kannten. Er brachte mir die Lehren der Indianer bei. Wunderbare Lehren, neu waren sie für mich, aber doch sehr vertraut. War ich auch ein Indianer gewesen? Würde man das, was man gewesen war, nicht immer in sich tragen? Dann wäre ein Abschied kein Abschied. Dann wäre ein Abschied ein Wiedersehen. Wenn ich Indianer gewesen war, war ich zurückgekehrt, wie nach einem kleinen Abstecher zu einem Fluss anderer Erfahrungen. Dann würden wir uns immer wieder sehen. Dann wäre ein Abschied immer mit dem Wiedersehen verbunden, also kein Abschied!

„Es ist kein Abschied, es ist ein Ankommen, es ist ein Beginn!"

Ein Abschied ist immer auch ein Beginn!

„Dann wäre es immer ein Kreislauf und irgendwann wäre ich wieder hier am Lagerfeuer mit Michikinikwa zusammen.

Oder gibt es überhaupt keine Trennung? Bin ich immer hier, immer an jedem Ort? Dann gibt es keinen Abschied und kein Ankommen. Dann gibt es nur noch SEIN!"

In diesem Moment musste ich blinzeln und war wieder in der Kammer.

In der Kammer

Lucas ging zum Bücherregal und nahm ein Buch mit Sagen und Weisheiten. Dort fand er ein Gedicht der Indianer und las es laut vor:

„Wenn ich nicht mehr da bin,
dann lasst mich gehen,
ich habe so viele Dinge zu sehen.

Weint nicht, wenn ihr an mich denkt,
seid dankbar für die schöne Zeit,
die wir zusammen verbrachten.

Ich gab euch meine Freundschaft,
ihr mir eure.
Dafür danke ich euch.

Ihr könnt nur erahnen,
welches Glück ihr mir gegeben habt.

Ich danke euch für die Liebe,
die ihr mir jeder erwiesen habt.

Jetzt ist es Zeit allein zu reisen.
Auch wenn ihr traurig seid.
Aber die Zuversicht wird euch stärken und euch Trost bringen.

Wir werden für einige Zeit getrennt sein.
Lasst es zu,
dass gute Erinnerungen euren Schmerz lindern.

Ich bin nicht wirklich weit."

Nachdem er das Buch zurückstellte, drehte er sich um. Auf den Stühlen saßen seine Lehrmeister. Alle waren sie gekommen, um sich von Lucas zu verabschieden!

Lucas stand vor ihnen und sah jeden einzelnen an. Alle sahen ihn an, sahen ihm tief in seine Augen. Ganz tief im Innern spürte er die Dankbarkeit, die er ihnen entgegen brachte. Es berührte ihn so stark, dass ihm Tränen die Wange herunter liefen.

Jeder einzelne kam nacheinander auf Lucas zu um ihn zu umarmen. Lucas bedankte sich bei ihnen und mochte sich gar nicht von der Umarmung lösen. Sein Herz blühte auf, es strahlte.

Zum Schluss gaben sie sich die Hände und schlossen so den Kreis. Der Altar in der Mitte zwischen ihnen fing an zu leuchten. Total überwältigt sah Lucas den Altar und schaute jedem einzelnen in der Runde noch einmal in die Augen:

Michikinikwa, der Indianer, der ihm die Natur nahe gebracht hatte.

Antoon, der Missionar, der die unterschiedlichen Glaubensrichtungen und Sichtweisen erläuterte.

Itzamná, der Maya, der ihm die Qualitäten seines Geburtszeichens nahe gebracht hatte und somit seine Qualitäten, die er in seinem Leben nutzen konnte.

Norgye, der Mönch, der ihm das Schweigen beibrachte und damit seine anderen Sinne öffnete.

Chilam Balam von Machu Picchu, der ihm seinen inneren Frieden und den Zugang zur Intuition ermöglichte.

Coniraya, der Inka, der Lucas als Priester eingeweiht hatte und ihm die Möglichkeiten gab, sein Leben selbst in die Hand zu nehmen und neu zu überdenken.

Xiao Li, der Chinese, der ihm die Geduld lehrte und den Sinn der Wege, die gegangen werden, auch wenn dadurch das gewünschte Ziel nicht erreicht wird.

Noelani und **Nalani**, die Kahuna aus Hawaii, die ihm die Reinigung brachten und dadurch den Zugang zu höheren Ebenen ermöglichten. Sie lehrten ihn die sieben Prinzipien des Lebens aus der Hawaiianischen Sichtweise.

Er fand den Sinn der Reise, indem er die Reise in Frage stellte und alle seine Sinne für eine Antwort öffnete.

Er bekam Eindrücke von den unterschiedlichen Bedeutungen der Schlange, wie auch alles andere unterschiedliche Bedeutungen haben kann. Die Sicht hängt immer von der eigenen Entwicklung und Einstellung ab.

Er lernte durch den Delfin, im Fluss des Lebens zu sein. Und er wurde unterwiesen, dass ein Abschied ein Beginn ist.

„Es ist kein Abschied, es ist ein Ankommen, es ist ein Beginn!", sagte er traurig. Der Kreis löste sich auf und nach einer Weile verließ Lucas seine Kammer!

Er entstieg der Kammer, war wieder in dem Gang unterhalb der unvollendeten Kammer. Er kletterte die Öffnung in die unvollendete Kammer hinauf, ohne sich Gedanken zu machen, dass dort vielleicht Touristen oder Wächter sein könnten. Als er der Öffnung entstieg, sah er in ein paar Augen, die ihn ansahen. Es waren doch Touristen dort.

Aber das störte ihn nicht. Er klopfte sich den Staub aus seinen Kleidern und ging zum Ausgang.

„Hallo Lucas."

Lucas blieb stehen und sah sich um. Er sah eine Frau, die ihn anlächelte. Woher wusste sie seinen Namen. Gesehen hatte er sie noch nie – oder doch? In dem dunklen Licht konnte er sie auch nicht so genau erkennen. Er ging auf sie zu und sah ihr Gesicht deutlich.

„Zehra!" rief er. Sie sah ihn an und lächelte. Ein leichtes Nicken verriet es ihm. Es war Zehra.

Verwundert darüber, sie hier zu sehen, fragte er: „Wie kannst du hier sein und warst nicht unten in der Kammer?"

„Ich bin hier, weil ich dir noch etwas erzählen muss", antwortete sie. „Lass uns an die frische Luft gehen."

Sie kletterten den schmalen Gang hinauf und gingen auf einen ruhigen Platz zu, an dem sie sich unterhalten konnten.
Sie setzten sich nebeneinander auf einen Felsen.

„Wer bist du?" fragte Lucas.

„Ich heiße Zehra, wohne hier in Kairo und bin deine spirituelle Begleiterin", begann Zehra zu erzählen.

„Wieso kann ich meine spirituelle Führerin direkt vor meinen Augen sehen und auch noch berühren?" fragte Lucas und berührte sie leicht am Arm.

„Weil es mich in deiner Realität wirklich gibt. Eine spirituelle Begleiterin kann sowohl nur auf geistiger Ebene wie auch auf physischer und geistiger Ebene existieren."

„Ich habe dich hier her gerufen, weil es so vereinbart war."

„Ich verstehe kein Wort", sagte Lucas obwohl er tief in seinem Innersten wusste, dass es so war.

„Wir hatten vereinbart, dass du, wenn du sehr tief in deine Getrenntheit abgetaucht bist, von mir gerufen wirst, um dich auf deine Aufgabe vorzubereiten.

Und Lucas", sagte sie sehr vorsichtig, „es war ein Experiment."

Er sah sie verwundert und überrascht an. „Experiment?"

„Das Experiment war, dass du in die Materie abtauchst, in das völlige Getrenntsein, um dieses Gefühl kennen zu lernen."

„Das ist wirklich ein sehr unangenehmes Gefühl. Und in diesem Gefühl kann ich dir sagen, dass ich dann auch verstehen kann, dass Menschen Unrechtes tun oder in die Sucht flüchten um sich damit selbst zu betäuben."

„Das war die Erfahrung, die du machen wolltest. Es ist dir gelungen. Du warst aber aufgewacht, bevor du Unrechtes tatest oder in die Sucht abgeglitten warst.

Für mich war es eine nicht ganz so kleine Anstrengung, dich hier her zu holen."

„Oh, tut mir leid. Das wollte ich nicht."

„Ist schon gut. Es war in Ordnung und wir beide wussten das vorher schon."

Lucas sah sie an. Diese Leere in seinen Gedanken kannte er und es tat ihm gut. Seit dem er seine Gedanken angenommen hatte und in sein Leben integrieren konnte, waren sie sehr gute Verbündete geworden, die sich gegenseitig unterstützten.

„Zurück zu dem Experiment", begann Zehra mit den Erklärungen.

„Es war notwendig, in diese Tiefe dort einzudringen, um die Menschen verstehen zu können. Dann hast du die Möglichkeit, sie aus dieser Dunkelheit in das Licht zu begleiten.

Du hast diese Ausbildung durchlaufen, wurdest mit allen Themen konfrontiert, die noch aufbereitet werden durften und wurdest mit dem Wissen ausgestattet, das dich bei dieser Aufgabe unterstützen wird."

„Ich soll Menschen aus dieser Tiefe in das Licht führen?"

„Du sollst ihnen helfen, aus der Dunkelheit herauszukommen, sie an die Hand nehmen und sie ein Stück ihres Weges begleiten. Du darfst sie aber nicht an die Hand nehmen, wenn sie es nicht möchten. Sie werden auf dich zukommen, sie werden dich fragen. Sie werden dich aber auf ganz unterschiedliche Weise fragen, die keineswegs direkt sein muss. Deshalb hast du gelernt, auch zwischen den Zeilen zu hören, auch hinter die Worte zu hören, die Essenz wahr zu nehmen.

Dir wurde gezeigt, dass es zwischen Himmel und Erde viel mehr gibt, als du mit den Augen sehen kannst, als du mit den Händen berühren kannst. Du kannst nur einen winzig kleinen Bruchteil dessen sehen, was dich umgibt. Und dieser winzig kleine Teil ist schon unendlich viel, mit sehr vielen verschiedenen Farben, Facetten und Eindrücken.

Alles Weitere kannst du nicht mehr mit deinen physischen Augen sehen. Du kannst es mit deinem dritten Auge sehen, mit deinem Herzen wahrnehmen und mit deinem Bauchgefühl erkennen. Dazu ist es wichtig, deine Gedanken mit deiner Absicht zu synchronisieren, also in Einklang zu bringen.

Daraus ergibt sich ein Ziel, das du verfolgen kannst. Du hast gelernt, dir helfen zu lassen. Die Unterstützung wird kommen, wenn du sie brauchst. Sie wird dir auf vielfältige Weise präsentiert. Du brauchst dazu nur deine Augen und deine Ohren offen zu halten. Lege dich nicht auf eine bestimmte Art und Weise fest, wie die Hilfe aussehen soll, denn dann übersiehst du sehr viel. Die Möglichkeiten sind unbegrenzt."

Lucas sah sie gespannt an und bewunderte die Weisheit dieser wunderschönen Frau.

„Lasse dich nicht von äußeren Dingen beeinflussen. Lasse dich nicht von Gold blenden, auch wenn es noch so glänzt. Schaue hinter die Dinge, hinter diesen Glanz. Denn da liegt die Wahrheit, da liegt die Ursache.

Wenn du Klienten hast, lasse sie ihre Geschichte erzählen. Schüttele dabei die Sätze so lange, bis die Buchstaben heraus gefallen sind. Dann siehst du die Ursache und den Wunsch nach Hilfe. Beobachte sie dabei, wie sie dir gegenüber treten. Dann erkennst du ihr wahres Wesen. Frage nach, wenn du weitere Informationen benötigst, damit du dein Bild komplett vor dir sehen kannst. Dann hast du die Lösung.

Dies alles hast du in deiner Ausbildung gelernt."

„Und das alles in dieser kurzen Zeit?"

„Es waren in deiner Zeitrechnung viele, viele Monate."

„So lange? Das kam mir wie ein paar Tage vor!"

„Es ist die unterschiedliche Wahrnehmung der Zeit. In der Wahrnehmung ist die Zeit keineswegs linear. Und wundere dich nicht, wenn du gleich zurück in deiner Welt sein wirst."

„Zurück in meiner Welt?" fragte Lucas, der diese Welt schon als seine angenommen hatte.

„Du bist in meiner Welt und wirst in deine zurückkehren. Dort wirst du dein neues Wissen anwenden und auch die Unterstützung bekommen, die du brauchst. Scheue dich nicht, sie anzunehmen."

Lucas sah Zehra an. Er nahm sie nur noch verschwommen war und es fing an, sich alles um ihn herum zu drehen. Er wollte sie noch so vieles fragen, aber er kam nicht mehr dazu.
„Was ist das?" fragte er ängstlich.

„Du musst gehen. Du musst wieder nach Hause", erklärte Zehra.
„Sehen wir uns wieder?"

„Ja, wir sehen uns wieder."

„Und mein Tagebuch?"

„Du nimmst es mit..."

Mehr konnte er nicht hören. Es drehte sich alles zu schnell um ihn herum und mit einem Ruck stand er wieder vor dem Bahnhofskiosk.

Völlig verwirrt und schwankend, als ob der Boden sich bewegte, wie auf einem Schiff, schaute er sich um. Es schien sich gegenüber dem Beginn seiner Reise nichts verändert zu haben. Er hielt die gleiche Zeitschrift in der einen Hand und sah auf das gleiche Bild. Es waren immer noch zwanzig Minuten bis zur Abfahrt des Zuges!

Es hatte sich nichts verändert. Gar nichts! Absolut nichts!

Bis auf das Tagebuch, das er in der anderen Hand hielt!

Er konnte an diesem Tag nicht zur Arbeit gehen. Er ging wieder nach Hause!

~*~

Wieder zu Hause angekommen

Zu Hause angekommen ging er unter die Dusche, zog sich an und ging in die Küche. Er machte sich Tee und schmierte sich ein Brot.

Sehr aufmerksam betrachtete er seinen Tee, in dem er gerade einen Kandis versenkt hatte, der leicht knisterte und sich langsam auflöste. Es war Musik in seinen Ohren! Lucas konnte die Schleier des sich auflösenden Kandis sehen, er bewunderte sie, wie sie langsam aufstiegen. Der Dampf des heißen Tees stieg in der Küche auf und formte dabei Figuren, die ihn an Feen erinnerte, die er mit Zehra assoziierte.

„Zehra", sagte er mit leiser Stimme. Traurig beobachtete er den Dampf.

In der Butter auf seinem Brot sah er den Machu Picchu mit seinen Terrassen und Bauwerken. In Gedanken war er in dem heiligen Tempel, sah Chilam Balam und den großen Kondor.

Er kostete das Brot und es schmeckte ihm sehr gut, viel besser als jemals zuvor. Seine Geschmacksknospen schienen viel sensibler geworden zu sein. Er schien es mehr genießen zu können, mehr mit dem Essen verbunden zu sein. Die Butter zerging auf der Zunge, das Brot fühlte sich weich zwischen seinen Zähnen an. Ein Genuss! Das Bild von Norgye tauchte vor seinem inneren Auge auf.

Die Leere in seinem Kopf bot einen unendlichen Raum, in dem er nur bei dem Essen war, nur im Hier und Jetzt! Als er es bemerkte sagte er: „Das Leben findet nur im Hier und Jetzt statt!"

Sehr aufmerksam ließ er seinen Blick durch die Küche schweifen, die er schon so lange kannte, aber jetzt völlig neu aussah! Die Farben waren leuchtender, die Konturen klarer und ihm fiel sofort auf, wenn etwas nicht harmonisch war. Dann änderte er es sofort.

„Gibt es solche Reisen öfter?" fragte er sich, trank seinen Tee und blätterte in seinem neuen Tagebuch.

Als es an seiner Tür klingelte, erschrak er. Leicht benommen, wie aus einem langen Schlaf gerissen, stand er auf und ging zur Tür.

Als er sie öffnete, sah er eine junge Frau, die ein Paket in der Hand hielt. Er hatte vor ein paar Tagen Literatur bestellt.

In der Küche öffnete er es. Er hatte drei Bücher bestellt: Zwei Fantasieromane und ein Buch über die Pyramiden in Ägypten. Darin blätterte er gleich. Er schlug eine Seite auf, auf der der Name Zehra beschrieben stand: Die Rose oder die reine Blume mit dem weißen Gesicht.

„Ja, das hatte sie: Ein weißes Gesicht."

~*~

Sein neues Leben

Es hatte sich sehr viel seit seiner Reise verändert. Vieles von dem, was er bisher machte, tat und dachte, passt jetzt nicht mehr zu ihm.

Filme, die er vorher als gut empfunden hatte, sah er sich nicht mehr an, sie hatten ihren Reiz verloren. Es schien so, als ob das Niveau nicht mehr dasselbe war, wie vorher. So wie vieles, das im TV gezeigt wurde, nicht mehr passte, sondern schon fast peinlich erschien. Aber im Englischen heißt TV Television. Und wenn dieses Wort auseinander genommen wurde, dann hieß es Tel-e-vision, auf Deutsch: Erzähle eine Vision bzw. Geschichte.

Viele Zeitungen waren für ihn auch nicht mehr stimmig, genau so, wie die Entscheidungen vieler Politiker.

Da sich vieles um ihn herum verändert hatte — oder hatte er sich so stark verändert? Manchmal kam ihm schon der Gedanke, ob er noch normal sei.

Aber er hatte sich diesen neuen Weg ausgesucht und im Laufe der Wochen und Monate nach der Reise war er immer mehr von seiner neuen Richtung überzeugt.

Auch gab ihm das Leben Recht. Er fand viele neue Freunde und sein Leben verlief seit dem auch viel harmonischer. Er konnte viele Menschen mit ihren Ansichten, auch wenn sie nicht seiner Ansicht entsprachen, viel besser verstehen. Hatte er früher nicht auch ähnliche Ansichten gehabt?

Durch diese Einsichten hatte er nicht mehr das Gefühl, andere Menschen umstimmen zu müssen, sondern einfach wertfrei seine Ansicht mitzuteilen.

Es war nicht einfach, die eigenen Ansichten und Meinungen, die eingefahrenen Gleisen in Frage zu stellen und sogar zu verändern. Zumindest war seine eigene Veränderung für ihn manchmal nicht einfach. Zu gerne hatten sich die alten Gewohnheiten wieder eingeschlichen. Aber glücklicher Weise bemerkte er es, um sich wieder auf seinen neuen Weg zu begeben.

Manchmal ist es schwer, an sich selbst zu arbeiten.

Aber es lohnt sich!

So war es für ihn auch vollkommen in Ordnung, dass Menschen zu ihm kamen und ihn belehren wollten. Er hatte es früher genau so gemacht. Und das Schöne daran war, dass er von ihnen auch noch lernen konnte, denn jeder ist sowohl Lehrer wie auch Schüler.

Der Lehrer ist auch immer ein Schüler!

Oft blätterte er in seinem Tagebuch und bekam immer wieder neue Inspirationen und Erkenntnisse.

Ab und zu konnte er sich den Satz nicht verkneifen: „Probiere es doch auch einmal."

Auf den nächsten Seiten seines Tagebuchs hatte Lucas noch einmal seine Erkenntnisse zusammengefasst. So konnte er sie schnell aufschlagen und nachlesen.

Prolog

Ein Blick aus einer anderen Perspektive ist eine neue Sichtweise und hilft uns, mehr zu sehen und zu verstehen.

Beginn der Reise

Die Aufgabe der Ritter der Tafelrunde war, sich selbst zu vervollkommnen. Der Gegner war das eigene ICH.

Die Indianer

Verbindet euch wieder mit der Mutter Erde! Sie liebt Euch!
Viele Menschen wissen nicht, wenn sie sich selbst schaden, dass sie auch der Welt schaden und wenn sie der Welt schaden, sich selbst auch schaden.

Wenn ihr aber im Inneren bereit seid, heil zu werden, dann können euch die äußeren Mittel unterstützen.

Es ist immer der richtige Zeitpunkt für die Stille, für deine Weisheit, für die große Weisheit.

Philippinen

Unbekanntes verursacht sehr oft Unbehagen, manchmal macht es auch Angst, denn du weißt nicht, was auf dich zukommt.

Bei Informationen, die du bekommst, ist es wichtig, auf deine Intuition zu achten.

Es gibt zu Allem unterschiedliche Sichtweisen, die sich zwar unterscheiden, aber alle ein Blickwinkel derselben Sache sind. Also müssen alle Sichtweisen sowohl wahr als auch unwahr sein!

Wenn du die Geschichte deines Feindes kennst, ist er nicht mehr dein Feind. Ihr könnt gemeinsam die beste Lösung finden.

Maya

Schaue dir deine Ängste an, sehe ihnen ins Gesicht und nehme sie an. Dann lösen sie sich auf. Das nennt man Mut.

Die Würde des Schweigens

Genieße die Speisen in Stille und du wirst sie viel tiefer erfahren.

Einen Sonnenuntergang zu fühlen, anstatt ihn zu sehen, ist ein ganz besonderes Erlebnis.

Machu Picchu

Die Geschichten in den Geschichtsbüchern werden von den Siegern geschrieben.

Finde deinen Frieden im Inneren, finde deinen Frieden mit dir selber, dann ist auch Frieden im Außen.

Du bist der goldene vollkommene Same der die Felder befruchtet, um die Frucht des Friedens hervorzubringen und zu vermehren.

Es geschehen Dinge, die in der realen Welt nicht für möglich gehalten werden. Aber sind sie deswegen unmöglich?

Inka

Es wachsen bei euch, an eurem Ort, genau die Pflanzen, die auch für euer Leben dort wichtig sind.

Verbindet euch wieder mit der Natur und ihr werdet gesund.
Jede Erfahrung verändert einen Menschen. So ist das Leben.

Der Sinn der Reise

Eine Reise zu fremden Kulturen erweitert immer den eigenen Horizont.

China

Ist man in kleinen Dingen nicht geduldig, bringt man die großen Vorhaben zum Scheitern.

Wenn du ein Ziel hast, aber zweifelst, es je zu erreichen, so wird dich dein Weg lehren, ein Ziel zu verfolgen, es aber nicht zu erreichen.

Deine Ziele erfüllen sich, wenn du mit jeder Faser deines Seins die Erfüllung fühlst, vor deinem inneren Auge siehst und spürst, dass es schon in Erfüllung gegangen ist. Und es muss im Einklang mit dem Universum, mit dem Großen Ganzen, mit der Einheit stehen!

Der Delfin

Gedanken sind auch nur Energien.

Die Zeit des Getrenntseins ist vorbei.

Wie du das Leben und die Liebe und die Freude teilst, ist wichtig, nicht wohin du gehst und wen du triffst.

Lasse das Leben fließen und Wunder werden wahr.

Hawaii

Die Wahrheit ist, was du als Wahrheit definierst.

Wenn wir in einem unendlichen Universum leben, dann gibt es unendlich viele Möglichkeiten und Realitäten.

Wenn du deinen Geist fokussierst, transformierst du die unendliche Energie in einen Kanal der Erschaffung, der Schöpfung.

Du lebst nur in der Gegenwart. Dein Leben ist jetzt.

Die Schwingung der Energie der Liebe ist die höchste Schwingung, die wir erfahren können. Wenn du die Welt mit den Augen der Liebe siehst, wirst du deine Realität in ein neues Paradies bringen.

Sobald du etwas im Außen anerkennst und lobst, anerkennst und lobst du dich selber. Und das macht dich stärker.

Dich selbst zu heilen ist das letztendliche Ziel.

Höre auf die Worte des Meisters, schüttele sie so lange, bis kein Buchstabe mehr vorhanden ist – dann erkennst du die Essenz.

Die Schlange

Durch Humor wird das Leben viel leichter.

Die Schlange gilt als Wächter und Beschützer der Weisheit und der geistigen Schätze.

Wer sucht, findet nicht. Nur derjenige, der sich auf das Finden ausrichtet, wird auch finden.

Abschied ist ein Beginn

Ein Abschied ist immer auch ein Beginn!

Wieder zu Hause angekommen

Das Leben findet nur im Hier und Jetzt statt!

Sein neues Leben

Manchmal ist es schwer, an sich selbst zu arbeiten.
Aber es lohnt sich!

Der Lehrer ist auch immer ein Schüler!

„Ich wünsche dir,
dass sich nicht alles was du denkst
und was du tust,
in der Schnelllebigkeit des Alltags verflüchtigt,
sondern dass etwas von all dem bleibt und weiterwirkt,
über die Grenzen deines Lebens hinaus."

Autor unbekannt